AF132128

# Rien de grave, je t'assure

Édition : BoD – Books on Demand,
12/14 rond-point des Champs-Élysées, 75008 Paris

Impression : BoD - Books on Demand, Norderstedt, Allemagne

ISBN : 978-2-3222-5290-9

Dépôt légal : Octobre 2020

*Merci à Solène pour sa précieuse collaboration*

Du même auteur :

*Histoires singulières*

*Histoires à vivre avec ou sans vous*

*Histoires fâcheuses*

*De bien curieuses histoires*

*Dérapages inattendus*

*Fractures familiales*

# Jean-Luc Rogge

# Rien de grave, je t'assure

*Roman*

*Première partie*

# Plongée

# 1. Adeline

Dès qu'il est sorti de la voiture, j'ai compris, à sa mine renfrognée, que quelque chose clochait.

Après le petit-déjeuner, il m'avait annoncé qu'il ne pourrait m'accompagner, comme chaque samedi matin, au marché hebdomadaire car, m'avait-il dit, il devait consulter le docteur Delannoy, notre généraliste, son ami d'enfance, pour une bricole. Une bricole ? Scotchée, j'avais tenté aussitôt de lui demander la raison pour laquelle, brusquement, il avait à voir le médecin mais, pour toute réponse, il avait haussé les épaules et m'avait répondu, laconiquement, que ce n'était rien, que je ne devais pas m'inquiéter. Puis, pour éviter toute discussion, sans plus attendre, il s'était levé, il avait enfilé sa veste et, sans un mot supplémentaire, il s'était esquivé. Alors, toute la matinée, j'avais tenté de m'occuper et de ne pas y penser mais, aux alentours de midi, ne le voyant toujours pas revenir et n'y tenant plus, je m'étais postée près de la fenêtre, à l'ombre du rideau, à l'attendre.

Il a claqué sa portière et, après avoir, me semble-t-il, hésité un instant, il s'est avancé sur l'allée. Calfeutrée derrière la porte, j'ai senti, au bruit de son pas lourd écrasant le gravier, mon cœur s'emballer et, pour éviter les palpitations, j'ai tenté, tant bien que mal, de réguler ma respiration. Mais dès qu'il a introduit la clé dans la serrure, j'ai cru défaillir. Après s'être frotté les semelles consciencieusement sur le paillasson, il est entré. Il ne m'a pas adressé le moindre sourire et, contrairement à son habitude, ne s'est pas approché pour m'embrasser sur la joue de manière machinale. Non, il m'a simplement frôlée, est passé près de moi sans réellement me voir, et est allé s'affaler de tout son long sur le divan du salon.

Après quelques minutes d'un silence pesant, tandis qu'il restait immobile, les yeux mi-clos, j'ai tenté de lui demander maladroitement, la gorge serrée et les jambes tremblantes, si tout allait bien. Il devait avoir oublié ma présence car, surpris par le son de ma voix, il a sursauté. Il s'est redressé quelque peu, ce qui lui a permis de reprendre un peu de consistance et, tout en me fixant du regard, il m'a lancé d'un ton volontairement désinvolte :

— Le toubib voudrait que tu m'accompagnes chez lui.

Aussitôt, j'ai senti le sol se dérober sous mes pieds et mon sang se glacer !

*Lundi 6 avril*

Dès notre entrée dans le cabinet de Delannoy, l'ami de Pascal, devenu notre toubib depuis notre mariage et notre installation dans ce quartier chic de la ville, il y a plus de vingt ans déjà, la situation m'a paru irréelle.

Alors que je m'attendais à ce que le docteur me dévoile avec précaution de quel genre de maladie incurable mon mari souffrait, il m'a immédiatement bombardée de questions plus saugrenues les unes que les autres sur mon état de santé. Déstabilisée — comme toujours lorsque je me trouve en situation de stress — j'en ai oublié aussitôt le motif premier de notre consultation et j'ai commencé à lui répondre docilement.

— Non, docteur, je n'ai pas de fièvre.

— Non, je n'ai pas de démangeaisons particulières au niveau de la vulve.

— Oui, je me sens en parfaite santé...

Cependant, au fur et à mesure que de nouvelles questions fusaient, je suis sortie peu à peu du brouillard ouaté dans lequel, tel un boxeur qui a encaissé un uppercut violent, j'avais été plongée.

— De quoi vous me parlez exactement, là, docteur ? j'ai demandé alors.

À cet instant, Delannoy a compris que quelque chose clochait. Il a arrêté de me fixer et a porté son regard vers celui de Pascal qui, mal à l'aise, les bras croisés sur le torse en signe de protection, a détourné les yeux.

— Tu lui en as quand même parlé avant de venir me voir ? lui a demandé le docteur, incrédule.

— Je comptais sur toi, lui a répondu Pascal, l'air contrit.

Delannoy a soupiré et marmonné :

— Mais bon Dieu, Pascal, je ne suis pas assistant social, tu sais.

— Pardon, Docteur, il lui a répondu tel un gamin pris en faute.

Delannoy a levé les yeux au ciel et, après s'être aperçu que je l'observais attentivement, il s'est ressaisi. Il a respiré profondément, soutenu mon regard, retrouvé une attitude doctorale et, d'une tirade, il m'a asséné son diagnostic sans appel :

— Madame, votre mari souffre d'une maladie sexuellement transmissible contractée, selon toute vraisemblance, lors de son récent séjour à l'étranger. Comme, selon ses dires, plusieurs rapports sexuels se sont déroulés entre vous depuis son retour, il vous faudra donc également, à titre préventif pour éviter salpingite et autres douceurs du même genre, entamer une cure d'antibiotiques.

À cet instant précis, le ciel m'est tombé sur la tête et une rage folle s'est emparée de moi !

L'orage a éclaté dès notre retour.

Le court trajet en voiture s'était déroulé sans encombre. Bien que la circulation fût fluide, Pascal, les mains scotchées au volant, s'était concentré anormalement sur la conduite du véhicule. Quiconque ne le connaissant pas aurait pu croire qu'il venait d'obtenir son permis de conduire et roulait seul pour la première fois. Pour ma part, tout en ruminant intérieurement, le visage bien tourné vers la droite pour ne pas avoir à observer celui en qui, hier encore, j'avais toute confiance mais qui, à présent, ne m'apparaissait plus que comme un vil traître, je m'étais contentée de regarder machinalement au travers de la vitre embuée les pâtés de maisons défiler. Seul le ronronnement régulier du moteur de la Volvo était parvenu à perturber le silence pesant de l'habitacle.

À peine avions-nous pénétré dans le salon que Pascal, prétextant l'heure de l'apéritif, m'a proposé un verre que je me suis empressée de refuser d'un hochement négatif de la tête et d'un vague grognement. Devant mon attitude rebelle, il a haussé les épaules et soupiré, s'est approché du bar où il s'est servi un verre de son meilleur whisky, celui qu'il se réserve habituellement pour les grandes occasions. Tout en avalant une première gorgée, il s'est approché de moi et a voulu me saisir par la taille. Autant surprise que dégoûtée, je me suis cabrée et je l'ai repoussé violemment.

— Adeline, ce n'était rien tout cela, je t'assure, m'a-t-il dit.

Là, évidemment, j'ai explosé :

— Comment ce n'est rien ! Tu dérailles ou quoi ? lui ai-je répondu. Monsieur part huit jours en Thaïlande en

15

voyage d'affaires avec trois collègues et il en revient, comme si de rien n'était, avec, pardonne-moi le terme, une chaude-pisse. On peut en conclure que tu as de drôles de notions du rien, mon ami.

— Mais tu sais comment cela se passe là-bas, il a cru bon d'ajouter pour tenter de se justifier. Après le boulot, on est sortis, on a pris un verre, deux verres, et elles se sont approchées, tellement belles, tellement jeunes, tellement pimpantes. Tellement exotiques, quoi... Moi, tu me connais, je ne voulais pas franchir le pas mais, bon, je ne pouvais tout de même pas passer pour un briseur d'ambiance auprès de mes compagnons. Alors, oui, on est montés avec elles et on s'est un peu amusés, mais rien de grave, ma chérie, je t'assure.

« Un cauchemar, toute cette histoire n'est qu'un horrible cauchemar », me suis-je dit avant de lui répliquer, blanche de colère :

— Vous me prenez vraiment pour une grosse conne, Monsieur Laporte. Oh ! le brave homme, qui a fait preuve de bienséance envers ses collègues et a accepté, par politesse, de participer à une partouze et de se taper quelques putes bon marché. Mais, dans ce moment de grand égarement, vous aviez sûrement oublié que, pendant ce temps-là, une femme fidèle avec laquelle, faut-il vous le rappeler, vous venez de fêter, en grande pompe, vos noces de porcelaine, vous attendait à la maison. Tout comme vous aviez oublié que les filles que vous tripotiez à l'aise ne devaient être guère plus âgées que vos deux propres enfants. Diable ! ceux-ci seront surpris, j'en suis sûre, lorsqu'ils apprendront que leur géniteur adoré, ce chantre de l'égalité des sexes, ce défenseur acharné des droits de la femme, cet anti-Weinstein par excellence, s'est avili de la sorte.

— Chérie, calme-toi, je t'en prie, et cesse de me vouvoyer, c'est insupportable, m'a-t-il dit, tandis que je tentais de reprendre mon souffle, exténuée par ma tirade interminable et rattrapée, une nouvelle fois, par une crise de tachycardie.

— Le mal est fait, je te prie de m'excuser, que veux-tu que j'y fasse, a-t-il ajouté, c'était une erreur de ma part, une erreur impardonnable, peut-être, mais l'erreur est humaine, non ? Et d'ailleurs, tous les prêtres que nous fréquentons à l'église, chaque dimanche, ne nous répètent-ils pas à longueur de sermons qu'il faut pouvoir pardonner à son prochain ?

Au bord de la crise de nerfs, je me suis réfugiée sur le canapé près de la baie vitrée donnant sur le jardin. Quelques moineaux et quelques pigeons, indifférents à notre discussion houleuse, picoraient sur la pelouse. Ah ! comme j'aurais voulu être l'un des leurs à cet instant afin de pouvoir m'envoler à ma guise dans le ciel azuré.

Après avoir quelque peu repris mes esprits, je me suis retournée vers lui. Il avait l'air tellement pitoyable, là, debout, au milieu de la pièce, le ventre bedonnant, son verre de whisky vide à la main, supportant soudain très mal son demi-siècle, que j'en eus presque pitié.

— Merci pour le cadeau, en tout cas, lui ai-je dit. Une cure d'antibiotiques, j'avais rêvé mieux.

— Qu'est-ce que tu comptes faire ? m'a-t-il demandé, le regard suppliant.

Effondrée, la tête étrangement vide, je n'ai su que lui répondre. J'ai senti tout à coup que les larmes commençaient à affluer sur mon visage et je me suis mise à hoqueter.

Il s'est approché et, de la main droite, m'a effleuré les cheveux.

— Je t'aime, tu sais, m'a-t-il dit.

L'espace d'une seconde, j'ai senti le doute s'immiscer en moi.

Hélas pour lui, il a, de suite, malencontreusement ajouté :

— Et de toute façon, cela ne me dérangerait pas si tu agissais de la même manière. Tu en as bien le droit.

Œil pour œil, dent pour dent. Telle était donc sa manière de fonctionner. C'en était trop.

Écœurée, je me suis levée, me suis approchée, l'ai giflé violemment et, avant de quitter la pièce en claquant la porte, je lui ai balancé :

— Je vais me gêner !

— Promets-moi, Amélie, de faire comme si tu n'étais au courant de rien. Si je t'ai raconté cette maudite histoire, c'est parce que je ne veux pas te mentir. Je ne veux pas jouer la comédie, faire semblant devant ma propre sœur. Tu vois que des galères, j'en connais moi aussi, à présent. Oh ! pas comparables aux tiennes, je sais, mais tout de même. Depuis le temps que tu envies mon couple, mon ménage. Tu m'as souvent dit que j'ai une chance inouïe de pouvoir traverser la vie comme dans un conte de fées. Eh bien ! tu vois, le conte de fées, il a du plomb dans l'aile maintenant.

— Ouais, mais il aura duré un quart de siècle, ma belle. Dans une vie, c'est pas mal, tu sais.

— Arrête ! Tout n'a pas toujours été aussi rose que tu l'imagines, crois-moi.

— Et depuis votre altercation, comment ça se passe ? Tu vas le quitter ?

— Non, je ne crois pas. Que veux-tu que je fasse ? Que je quitte cette maison cossue, bourrée de souvenirs merveilleux et dans laquelle j'ai mes habitudes depuis des années pour aller m'installer dans un minuscule appartement sans terrasse ni balcon ? Que je parte en guerre, au risque de tout perdre, pour une histoire minable dont je ne suis en rien responsable ? Non, Amélie, j'y suis, j'y reste. À trente berges, j'aurais probablement agi d'une tout autre manière, mais, mince, n'oublie pas que je fêterai mon demi-siècle dans quelques mois. Tout recommencer maintenant, à cet âge, franchement, je ne m'en sens pas la force.

— Merde, ce n'est pas vrai que tu vas lui pardonner et que vous allez reprendre votre petite vie commune comme si de rien n'était ? Non mais j'hallucine ! Je ne te reconnais plus, Adeline, plus du tout.

— Écoute Amélie, aujourd'hui, le fleuve a terminé sa crue. Il a retrouvé son lit sans tout emporter sur son passage. Et j'ai bien réfléchi. C'est sûrement mieux ainsi, non ?

— File-moi à boire, veux-tu. Tu me sidères. Ainsi, non seulement ton mec te trompe, mais, en prime, il te file la chtouille et, toi, tout ce que tu trouves à me dire est que le fleuve a terminé sa crue.

— Tiens, avale ce gin, cela t'évitera d'énoncer des bêtises à répétition.

— Et à propos de chtouille, tu en es où ?

— J'ai terminé mes deux boîtes d'antibiotiques depuis hier.

Hormis quelques problèmes de digestion, je me sens bien. Physiquement bien. Tu sais, les premiers jours qui ont suivi notre altercation, je ne lui ai plus adressé la parole. Pas le moindre mot. Ni le matin, ni le soir. Quand il rentrait du boulot, je m'arrangeais pour avoir déjà mangé et être confortablement installée devant la télé. S'il souhaitait dîner, il n'avait qu'à se débrouiller. Crois-moi si tu le veux, mais il n'a pas fait le moindre commentaire, ni exprimé le moindre reproche. Il n'avait pas intérêt de toute manière. Il a accepté cette épreuve que je lui ai infligée, stoïquement, comme une punition qu'il aurait amplement méritée. Puis, le dimanche, ton neveu Paul est venu dîner à la maison avec Bertrand. Nous les avions invités avant leur envol, samedi prochain, pour Ibiza et là, obligatoirement, on a dû se reparler, faire comme si... Et figure-toi qu'après leur départ, il a commencé à minauder, à minauder comme jamais. J'en étais gênée pour lui. Mais comme on avait bien bu tous les deux...

— Tu ne vas pas me dire que vous l'avez fait ?

— J'en ai un peu honte, mais si.

— Et il est guéri ?

— Elle était parfaite.

— Tu me sidères. Tu as tout oublié alors ?

— Tout oublié, à peu près.

— À peu près ?

— Oui, il m'a tout de même dit que cela ne le dérangerait pas si j'agissais de la même manière.

— T'es sérieuse, là ?

— Je suis tentée. La fidélité a ses limites, non ?

# 2. Pascal

Trois jours. Trois jours qu'Adeline s'est évaporée dans la nature. J'en suis malade.

Vendredi matin, nous avons pris notre petit-déjeuner ensemble dans la cuisine. Elle m'avait préparé des œufs brouillés, ce qui n'avait d'ailleurs pas manqué de m'étonner. Elle était joyeuse, avait insisté pour que j'aille déposer des graines pour les oiseaux avec elle dans le jardin avant de partir pour le bureau. J'avais un peu ronchonné car j'étais déjà en retard mais je n'avais pas voulu la contrarier. Il aurait été dommage que le temps retourne à l'orage alors que celui-ci venait de s'éloigner. Quand je suis sorti, elle m'a rattrapé sur le seuil de la porte et elle a déposé un baiser sur mes lèvres. Je lui ai souri tendrement. J'ai pensé qu'elle avait tiré un trait sur le passé et décidé de refermer à tout jamais cette maudite parenthèse. Du haut de ses cinquante ans, je l'ai trouvée plus séduisante que jamais. « À ce soir, je t'aime », lui ai-je dit. Elle a souri. « On pourrait se faire un ciné ce soir et aller manger chez le Grec après », ai-je ajouté avant de monter dans ma voiture. « Pourquoi pas ? » m'a-t-elle répondu. Le soir, à mon retour, elle avait disparu.

Je me suis servi un whisky. Je devrais tâcher de réduire ma consommation. Je ressens de plus en plus souvent une douleur sourde à l'abdomen. Côté droit, côté foie. Et puis, je grossis. Je ne supporte plus cette brioche qui m'empêche de fermer mon pantalon. Sans parler de ma condition physique. Louise m'a ridiculisé au tennis le mois dernier et je n'ose même plus affronter son frère Paul, bien plus puissant

23

qu'elle. En définitive, on les a bien réussis nos jumeaux dizy-gotes, même s'ils nous ont causé pas mal de soucis.

Misère, si elle a fait cela pour se venger et m'ennuyer, elle a réussi au-delà de tout ce qu'elle pouvait imaginer. Il n'y a rien à dire, j'ai foiré sur ce coup-là, mais enfin, personne n'est mort, tout de même !

Tiens, faudrait penser à tapisser à nouveau le salon. C'est fou comme je remarque ce genre de choses depuis que je tourne en rond ici à l'attendre.

Ah ! j'adore cette maison bourgeoise à deux étages cons-truite au début du vingtième siècle. Dire que nous y habitons déjà depuis plus de vingt ans. Comme le temps passe. Adeline venait d'accoucher quand on l'a repérée. On avait eu le coup de foudre immédiatement en la découvrant avec son énorme jardin arboré. Sa proximité avec la rivière qui coule en con-trebas avait achevé de nous séduire. À l'époque, les parents d'Adeline nous avaient fameusement aidés pour que nous puissions l'acheter et la rénover. Qu'ils reposent en paix.

Bon, faut que je bouge. Trois jours, ce n'est plus raison-nable. Ce n'est plus une punition qu'elle m'inflige, c'est un supplice. En septante-deux heures, j'ai bien dû l'appeler deux cents fois sur son portable. Et deux cents fois, je suis tombé sur son foutu répondeur et ces quelques mots, débités d'un ton glacial : « Bonjour, je ne suis pas disponible. Veuillez me laisser un message ». Difficile d'imaginer plus laconique comme formule. Les deux, trois premières fois, ne sachant exactement que dire, j'ai balbutié quelques phrases après le bip mais finalement, très vite, je me suis contenté de raccro-cher. De toute manière, elle ne me rappelle pas.

Zut ! faudra bien que je me décide à prévenir les enfants de la disparition de leur mère. Elle est forcément partie se réfu-gier chez sa sœur. Amélie a dû être ravie de l'accueillir chez elle. Cette femme me déteste. Toujours prête pour les mauvais coups, cette dégénérée. Suis-je responsable si elle n'est pas capable de se trouver un mec qui ne la plaque pas après six mois ? Suis-je responsable si, Adeline et moi, nous formons un couple uni depuis tant d'années ? Avec son gigolo de l'époque, elle a dilapidé la part d'héritage reçue de ses parents en moins d'un an, et maintenant elle a le culot de nous reprocher d'avoir réussi à nous constituer un petit pactole, nous les bobos friqués, comme elle dit. Petite conne, va ! Je la vois d'ici compatir et consoler sa grande sœur. Peut-être, même, verse-t-elle une larme avec elle. Mais intérieurement, la situation doit la combler. Oui, intérieurement, tout en me vouant aux gémonies, elle doit jouir comme elle n'a jamais joui dans les bras d'un homme.

Merde ! plus rien dans le frigo. Je vais descendre en ville manger une merguez avec frites. Le régime attendra. Faut que je déstresse.

Deux heures du mat. Je suis dans le jardin, assis dans l'herbe, à observer le ciel avec, pour ne pas changer, un verre vide à la main. Dès qu'elle revient, j'arrête, je le jure.

C'est fou mais toutes ces constellations resteront toujours un grand mystère pour moi. Jamais je n'ai été capable de repérer la moindre étoile. La Grande Ourse, la Petite Ourse, Orion… Non, si je lève les yeux, je ne discerne qu'une multitude de points plus ou moins lumineux dans une immensité infinie. Et pourtant, cela me fascine. Ah ! que de fous rires n'avons-nous pas connus, Adeline et moi avec les enfants, quand Paul, tout petit encore, mais déjà féru d'astronomie, tentait de me guider désespérément à la recherche de tel ou tel astre.

« Et si Adeline n'était pas chez sa sœur ? » m'a suggéré subitement mon subconscient, tandis que je somnolais tout à l'heure. Depuis, le doute s'est immiscé dans ma tête et une inquiétude profonde a envahi tout mon être.

Faut absolument que je prévienne Paul et Louise. Ils pourront peut-être m'aider. Je les appellerai cet après-midi. Mais comment vais-je pouvoir leur révéler la disparition de leur mère, sans laisser de traces, depuis quatre jours ? Une chose est certaine : ils vont m'en vouloir à mort de ne pas les avoir prévenus immédiatement. À vrai dire, je ne vois pas très bien de quelle manière aborder le problème avec eux. Je vais improviser, voilà tout. Et puis, s'ils m'en tiennent rigueur, ce ne sera, de toute façon, pas la première fois qu'ils me prennent en grippe.

Je suis angoissé. Je suis énormément angoissé.

Comment ai-je pu être persuadé qu'Adeline était simplement occupée à me jouer un sale tour pour se venger ?

Comment ai-je pu être persuadé qu'il ne lui est rien arrivé de malencontreux ? Comment ai-je pu être persuadé qu'elle ré-apparaîtrait bientôt et que notre vie reprendrait alors son cours normal ?

Est-elle seulement toujours vivante ? L'inertie qui a été la mienne durant ces quatre jours me sidère. Et s'il était trop tard, déjà ?

Pascal, reprends-toi ; ne lâche pas prise. Ne t'emplis pas la tête avec ces idées noires insensées. Adeline avait de bonnes raisons de te quitter quelques jours. Elle réfléchit, elle pèse le pour et le contre. C'est tout. Elle se terre chez sa sœur. Point final.

De toute manière, je dois en avoir le cœur net. J'avale mon orgueil et je me rends chez Amélie dans la matinée. Et comme Adeline y sera, je n'aurai même pas à prévenir les enfants.

Aïe ! ces aigreurs qui me reprennent. J'espère qu'il reste quelques pastilles dans l'armoire à pharmacie.

Zut ! Sans cet embouteillage de dingue qui n'en finit pas, j'y serais déjà.

— Mais allez, avance idiote, tu ne vois pas que le feu est passé au vert !

Pffu ! Je suis fourbu. Je n'ai pas réussi à fermer l'œil.

Purée, il fait une chaleur de bête dans cette voiture. Faudra vraiment que je passe au garage pour en réparer l'air conditionné.

Mais pourquoi Amélie a-t-elle eu l'idée de s'installer en plein centre-ville ? Ne fût-ce que pour se garer, jamais, au grand jamais, je ne voudrais venir y habiter.

Ah ! là, une place. Enfin. Je vais devoir me résoudre à payer, mais tant pis.

Tiens, la porte du hall est grande ouverte. Tant mieux, cela m'évitera de devoir m'expliquer via l'interphone.

Bon, l'ascenseur maintenant. Incroyable, il fonctionne correctement. Hop, troisième étage.

Voilà des lustres que je n'ai plus remis les pieds chez Amélie. À l'époque, elle était encore avec son soi-disant producteur. Un fameux olibrius, celui-là. Avec Adeline, nous l'avions surnommé « Monsieur moi je ». Médaille d'or incontestable dans la catégorie « mecs infatués ». Puis, un jour, comme les précédents, il s'est fait la malle. Personne ne l'a regretté. Pas même Amélie, je crois.

Allez, un bref coup de sonnette. Je ne vais pas les alarmer.

Et un deuxième.

Et un troisième.

Non mais, ce n'est pas possible. Elles vont m'ouvrir, oui ou merde ?

— Adeline, je sais que tu es là. Ouvre, ma chérie, faut qu'on parle.

...

— Adeline, ouvre !

...

— Adeline, n'écoute pas les conseils merdiques de ta sœur. Viens, je t'en prie, on rentre à la maison. La plaisanterie a assez duré.

Le bruit d'une clé que l'on tourne dans la serrure, la porte qui s'ouvre enfin.

— Pascal, qu'est-ce que tu fais là ?

Mais qu'est-ce qu'elle fout en nuisette, les cheveux en bataille, les yeux bouffis, à midi, cette dégénérée ?

— Elle est où ?

— Tu permets, Pascal, que j'émerge. J'ai un peu mal à la tête, là. De qui me parles-tu ?

— Amélie, ne fais pas l'innocente, je t'en supplie. Je ne suis pas d'humeur particulièrement joyeuse. Demande à Adeline de me rejoindre. Immédiatement !

— Ma parole ! mais il va se calmer, maintenant, le beau-frère ? Il y a près d'une semaine que je ne l'ai plus vue, ni entendue, ma frangine. D'ailleurs, elle devait me téléphoner hier, et elle ne l'a pas fait. Trop occupée, sans doute.

Mince, le comble est qu'elle a l'air sincère. Mais ne te laisse pas embobiner, Pascal, tu la connais, c'est une comédienne hors pair.

— Vous étiez où quand vous vous êtes vues pour la dernière fois ?

— Chez toi. Et si tu veux tout savoir, elle m'en a même raconté des vertes et des pas mûres à ton sujet. Mais, dis-moi, ce n'est pas vrai ? Elle ne s'est pas barrée, quand même ?

— Ne m'ennuie pas avec ça. Je la cherche, c'est tout.

— Oh ! si, c'est bien vrai. Je ne le crois pas. Elle a mis son plan à exécution.

— Son plan, quel plan ? Parle, nom de Dieu !

— Elle l'a fait ! Elle l'a fait ! Ah ! je retrouve ma sœur. Œil pour œil, dent pour dent.

C'est sûr, si elle continue de jacasser de cette manière, je lui envoie mon poing dans la figure.

— Elle a fait quoi, espèce d'hystérique ?

— Mais, à cette heure-ci, ton Adeline doit se réveiller dans les bras d'un autre, gros abruti. Et ne compte surtout pas sur moi pour te plaindre. Tu l'as bien cherché, non ?

La discussion envenimée avec Amélie m'est restée en travers de la gorge. Quelques heures et une demi-bouteille de whisky plus tard, je ne l'avais toujours pas avalée. Plutôt que de la planter là, de peur que tout ne dégénère irrémédiablement, j'aurais dû, au contraire, la secouer davantage afin qu'elle crache le morceau, qu'elle m'avoue, cette vipère, où se planquent Adeline et son étalon.

Ma femme dans les bras d'un autre, je ne peux l'imaginer, ni l'accepter. On ne va quand même pas comparer mon minuscule dérapage asiatique, sous l'emprise de la boisson, à la limite de l'inconscience, à cet adultère manifeste. Ne fallait-il pas qu'elle ait en elle, depuis longtemps déjà, une envie farouche de me tromper pour prendre à la lettre mes mots malheureux et passer à l'acte ? La gifle qu'elle m'a balancée dans la figure aurait pu lui suffire, non ? J'ai honte pour elle.

Ce matin, j'ai repris le boulot. Fallait bien : ma feuille de congé n'est pas extensible. Personne ne m'a posé de questions indiscrètes sur les jours de repos que j'avais sollicités en urgence. Moi qui, habituellement, me plains du manque de contacts humains entre collègues, j'ai été soulagé de l'indifférence abyssale de chacun à mon égard. Me replonger dans les dossiers de créances impayées m'a occupé l'esprit et m'a permis de ne pas trop gamberger.

Vers dix-huit heures, tandis que je venais de quitter le bureau et que j'étais dans l'ascenseur menant au garage, une idée lumineuse m'a traversé l'esprit : si, lors de son départ, Adeline avait imaginé s'absenter plusieurs jours, elle avait dû inévitablement emporter avec elle ses produits de toilette et des vêtements de rechange. Par conséquent, il me fallait fouiller de toute urgence dans ses effets pour tenter de déterminer plus ou moins le nombre de pièces manquantes et estimer ainsi la durée prévue de son escapade.

Fier de ma trouvaille, j'ai poussé un grognement de satisfaction et un sourire éclatant a illuminé mon visage.

Ce n'est qu'alors que j'ai remarqué que Lucienne, une vieille fille dans la quarantaine au physique ingrat travaillant aux ressources humaines et en pinçant pour moi, était à mes côtés et me lorgnait assidûment.

Par bonheur, les portes de l'ascenseur se sont ouvertes à ce moment-là et je suis sorti en l'ignorant.

Bien, je n'ai pas pour habitude de trifouiller dans ses affaires mais, ici, c'est — comment dirais-je ? — pour la bonne cause.

Je n'y comprends que dalle !

Sa garde-robe est intacte, ses produits de beauté trônent tous dans la salle de bains et ses tiroirs débordent de sous-vêtements. Ne me faites pas croire qu'en échange de ses charmes, son chevalier servant a promis de la saper de la tête aux pieds. Elle a cinquante balais, quand même.

Son passeport ! Elle n'a tout de même pas emporté son passeport ? Il doit se trouver avec le mien dans le tiroir supérieur de la commode installée dans notre chambre.

Vite, j'escalade les marches de l'escalier quatre à quatre.

Ouais, le voilà. Au moins, ainsi puis-je être certain qu'elle n'a pas filé à l'étranger.

Oh ! merde.

Mon sang se glace. Je me liquéfie. Faut que je m'assoie.

Ses médocs, ses médocs qu'elle prend consciencieusement chaque soir avant de se coucher pour traiter ses troubles cardiaques. Ses médocs qui lui sont indispensables. Ses médocs qu'elle emporte partout.

Ses médocs traînent sur le dessus de sa table de chevet.

Adeline. Adeline, mon amour. Où es-tu ?

# 3. Louise

Olivier était occupé à charger la voiture quand mon portable a sonné. Après l'avoir retiré de mon sac, j'ai aperçu le numéro de papa affiché sur l'écran.

— Ne réponds pas, m'a dit Oli, on est déjà limite. Si on ne se grouille pas, on va rater l'avion. Tu connais ton père, il ne donne pas de signe de vie pendant deux mois et, soudain, il t'appelle pour un rien et il ne te lâche plus pendant deux heures.

C'est vrai que cette semaine de détente à Djerba, j'en rêvais depuis des mois et qu'il aurait été regrettable de louper le départ.

— T'as raison, je lui ai répliqué. Allons-y. À nous le soleil et les plages.

Réjoui, Olivier m'a décoché un sourire ravageur, a fermé le coffre et s'est installé au volant.


Il y aura bientôt deux ans que j'ai rencontré Olivier, dans un bar près de l'université. À bientôt vingt-trois ans, je terminais un master en langues étrangères. Olivier, infirmier urgentiste, y décompressait avec un collègue après une journée harassante. J'étais seule, assise au fond du bar à les épier tandis qu'ils batifolaient comme des gamins quand, soudainement, il s'est aperçu de ma présence. Gênée, j'ai aussitôt détourné la tête et tout en me ratatinant sur ma chaise, j'ai fixé mon regard vers le sol et suis restée parfaitement immobile, comme si j'avais été brutalement frappée de catalepsie. N'y tenant plus au bout d'une ou deux minutes, je me suis décidée à relever les yeux et j'ai été frappée de stupeur quand j'ai constaté qu'il était assis près de moi, le visage à quelques centimètres du mien. Instantanément, moi, habituellement de teinte assez pâle, je suis devenue cramoisie jusqu'aux oreilles. Sans le savoir encore, adorable souvenir, je venais de tomber éperdument amoureuse. Trois mois plus tard, nous emménagions ensemble. Au grand dam de mes parents d'ailleurs !

À peine Oli avait-il démarré qu'un bip résonna dans l'habitacle. Papa m'avait laissé un message. J'ai haussé les épaules et, avant de composer le numéro de ma boîte vocale, j'ai dit à Olivier : « Au moins ainsi, cela ne s'éternisera pas ».

Moins de cinq minutes plus tard, nous prenions, angoissés, la direction de la maison dans laquelle j'avais passé toute mon enfance.

*Samedi 25 avril*

Je viens de passer deux heures à fouiller la maison de fond en comble dans l'espoir insensé d'y découvrir un indice qui pourrait nous permettre de retrouver la trace de maman. Ma recherche s'est révélée infructueuse : rien, absolument rien !

L'espace d'un instant, j'ai bien cru cependant toucher au but. Dans l'imposante garde-robe située dans la chambre de papa et maman, garde-robe devant le miroir de laquelle je me suis tant admirée dans mes habits de princesse alors que j'étais enfant, j'ai découvert, cachée sous une pile de pulls, une grosse enveloppe brune.

« Se pourrait-il que maman entretienne une relation épistolaire cachée ? » me suis-je dit, fébrile, en soupesant cette enveloppe. « Se pourrait-il qu'elle s'en soit allée rejoindre un prétendant fou d'amour pour elle ? » me suis-je demandé.

Après les déclarations que j'avais arrachées à papa à propos de son adultère, j'en aurais été heureuse pour elle, et surtout soulagée de la savoir en sécurité. Mais il n'en était malheureusement rien. L'enveloppe contenait toutes les cartes de vœux et de compliments que Paul et moi lui avions confectionnées à l'école primaire à l'occasion du Nouvel An et de la fête des Mères.

À la vue de ces images du passé, divers souvenirs de mon enfance — moments de joie, de peine, vécus avec maman, papa et Paul, tantôt séparément, tantôt tous réunis — enfouis tout au fond de ma mémoire et que je croyais à jamais oubliés, ont refait surface et m'ont fortement ébranlée. J'en ai eu le cœur brisé.

Dépitée, j'ai rejoint papa dans le salon. Il est affalé sur le canapé, assoupi. Avec ses tempes dégarnies, ses cheveux gris, sa barbe de trois jours et son ventre rebondi, il a subitement vieilli. Je m'en veux presque de l'avoir secoué comme un prunier hier quand il nous a tout raconté. Mais il l'avait bien mérité, non ? Et cette inertie ? Que de temps perdu à attendre, sans se poser trop de questions, le retour de sa belle.

J'enrage. J'enrage car nous sommes démunis. J'enrage aussi contre cet inspecteur inflexible qui nous a reçus ce matin.

Nous avions rendez-vous sur le coup de onze heures.

Pour nous rendre au commissariat, situé à quelques kilomètres de la maison, papa m'a demandé de prendre le volant. « Je suis épuisé », il m'a dit en me tendant les clés de la voiture. « Le poids de ta culpabilité, sans doute », j'ai pensé.

Pendant tout le trajet, nous n'avons pas échangé le moindre mot. Dehors, la journée promettait d'être ensoleillée et agréable. Alors qu'il était à peine dix heures, de nombreux citadins commençaient déjà à prendre place aux terrasses des cafés, toutes rigoureusement alignées, tout autour de la place. Papa n'a rien remarqué de cette agitation naissante. Il rêvassait sur son siège, les paupières closes.

La veille, ses aveux m'avaient secouée. De nature prude, il m'avait toujours été difficile d'imaginer que mes parents puissent, comme tous les autres couples, faire l'amour. Alors, apprendre, de sa propre bouche, qu'il avait forniqué avec trois prostituées dans un bordel asiatique, avait été pour moi une épreuve insupportable.

En me repassant, tout en roulant, les images de cette débauche dans la tête, j'ai soudain été prise d'un subit haut-le-cœur et j'ai bien cru devenir malade. Heureusement, après avoir ouvert précipitamment ma vitre pour aspirer un bol d'air frais, j'ai pu maîtriser ma nausée avant que mon petit-déjeuner ne revienne. Papa n'a pas réagi. Il n'a pas dû remarquer mon malaise.

Arrivés au commissariat, nous nous sommes présentés à l'accueil. Le plouc de service a d'abord invité papa à lui décliner son identité et à lui exposer sommairement le motif de sa visite. Puis, il nous a demandé de patienter quelques minutes, le temps que l'un de ses collègues se libère.

Plus d'une demi-heure plus tard, nous attendions toujours dans le couloir et j'en avais terminé de me ronger tous les ongles des mains.

Finalement, un jeune type d'une trentaine d'années, à l'allure svelte, au visage émacié et aux cheveux châtains coupés court, nous a rejoints. « Inspecteur Laforge », nous a-t-il dit, avant de nous serrer la main et de nous inviter à le suivre jusqu'à son bureau.

Nous nous sommes retrouvés dans une petite pièce sans fenêtres, éclairée d'un seul néon et aux murs défraîchis. D'un bref mouvement de la tête, l'inspecteur nous a proposé de nous asseoir. Nous avons pris place sur deux chaises inconfortables placées devant une table emplie de dossiers éparpillés, faisant office de bureau, et sur laquelle un ordinateur portable flambant neuf était posé.

« Ne vous inquiétez pas, on déménage bientôt », nous a confié l'inspecteur, comme pour nous rassurer, avant de s'installer lui-même sur un fauteuil dont le cuir du siège, méchamment déchiré, laissait ressortir la mousse de latex.

« Allez, racontez-moi, qu'est-ce qui vous amène ? », nous a-t-il demandés, d'un ton avenant, tout en allongeant les jambes sous la table.

Alors, papa lui a raconté toute l'histoire, jusque dans ses moindres détails. Laforge a tout noté sur son portable, consciencieusement. Au cours de l'entretien, il a interrompu plusieurs fois papa et lui a demandé de préciser certains points, nébuleux à ses yeux.

Quand papa s'est arrêté de parler, l'inspecteur nous a demandé de patienter un instant, le temps qu'il relise la déclaration. Pendant ces quelques minutes, papa m'a lancé un regard inquiet, le genre de regard que peut envoyer un enfant à sa mère après avoir répondu à une question embarrassante d'un adulte, et je lui ai envoyé, en retour, un petit signe approbateur de la tête.

« Voilà, je crois que votre déposition est complète. Je l'imprime et je vous demande de la relire et de la signer », nous a dit soudainement Laforge, visiblement satisfait de lui.

Papa a survolé et signé le document et, soudain revigoré et plein de certitudes, il a demandé au policier comment lui et ses collègues allaient procéder pour l'enquête.

Sans se presser, Laforge s'est redressé sur son siège, a soupiré, a regardé fixement papa et il lui a dit, d'une voix claire :

— Vous savez, Monsieur Laporte, des histoires comme la vôtre, nous avons l'habitude d'en entendre. Elles sont monnaie courante, hélas. S'il fallait diligenter une enquête pour tous ces cas, malheureux certes, mais pas tragiques, nos services seraient totalement débordés et cela aurait des conséquences désastreuses pour les affaires bien plus graves dont nous avons à nous occuper dans le cadre de notre travail.

Devant l'air interloqué de papa, Laforge a précisé :

— Croyez bien, Monsieur Laporte, que je ne doute nullement que la disparition de votre épouse ait pu provoquer en vous une vive anxiété. Cependant, je me dois d'être clair avec vous : pour nous, hormis le fait que madame n'a pas emporté d'affaires personnelles, aucun signe de danger réel n'a été détecté. Nous estimons donc que cette disparition ne doit pas être jugée comme inquiétante, d'autant plus que madame avait, selon nous, des motifs sérieux de quitter de plein gré le domicile conjugal. Non, croyez-moi, si elle le souhaite, votre épouse reviendra.

— Mais l'enquête, a dit papa, qui n'avait toujours pas compris.

— Je suis désolé mais aucune enquête ne sera ouverte pour le moment, lui a répondu fermement Laforge. Si vous le désirez, rien ne vous empêche cependant d'effectuer des recherches par vos propres moyens. Vous pourriez, par exemple, mobiliser votre entourage, travailler avec les réseaux sociaux, engager un détective privé... Que sais-je encore ? De toute manière, et je me permets ce conseil, à votre place, Monsieur Laporte, j'attendrais patiemment que ma femme revienne et je me préparerais sérieusement aux retrouvailles avec elle.

Sur ces derniers mots, il s'est relevé, a remis à papa un exemplaire de la déclaration, s'est dirigé vers la porte, l'a ouverte, nous a attendus, nous a serré la main d'une poigne forte et nous a accompagnés sur-le-champ vers la sortie.

Abasourdis, avant même de nous en rendre compte, nous nous sommes retrouvés sur le trottoir à l'entrée du commissariat.

Tous deux penauds, nous avons rejoint la voiture.

Un papillon y avait été déposé sur le pare-brise.

Il était près de midi ; le soleil brillait de mille feux.

— Bon, je suis désolé de vous dire cela mais il faudrait peut-être commencer à se bouger, non ?

Papa redresse la tête et regarde Olivier d'un air ahuri.

Comment peut-on changer aussi vite et à ce point ? Est-ce bien mon père, cet homme immobile sur le canapé, perdu, désorienté, désespéré ? Comment un être habituellement toujours en mouvement, bourré d'idées, de projets, sûr de lui, implacable dans ses jugements, un être autoritaire qui a toujours détesté toute forme de faiblesse, peut-il se transformer en larve en quelques jours ? Je ne le reconnais plus.

— Je viens de retourner toute la maison mais je n'ai rien trouvé d'intéressant, je réponds à Olivier. Rien, pas la moindre indication qui pourrait nous inciter à croire que maman avait projeté son départ.

— Et ton frère, il nous rejoint ou pas ? il me lance d'un ton agressif qui ne lui ressemble pas.

— Pour l'instant, Paul est bloqué à Ibiza, je lui dis. Tu sais, ce n'est pas facile pour lui, à quelques semaines de l'ouverture de leur boutique de fringues, de revenir aussi vite et de laisser Bertrand, qui ne maîtrise pas encore parfaitement l'espagnol, se débrouiller seul là-bas.

— Ouais, mais c'est sa mère, quand même. Et pendant ce temps, nous, on est ici alors qu'on devrait être occupés à profiter pleinement de notre semaine de vacances.

Je sens qu'il est préférable de ne pas lui répondre. L'heure n'est pas aux affrontements. Sa mauvaise humeur est compréhensible. Je me réjouis vraiment qu'il soit à mes côtés. Il n'avait pas hésité une seconde après l'appel de papa : « Faut qu'on y aille », m'avait-il dit de suite.

— J'ai téléphoné dans mon service ainsi qu'à tous les hôpitaux et cliniques de la région dans un rayon de 50 kilomètres, nous dit-il. Je vous rassure, elle n'y a pas été prise en charge.

Papa, quelque peu sorti de sa léthargie, le regarde d'un air effrayé.

— Ne vous inquiétez pas, Pascal, lui dit Olivier, nous devons travailler méthodiquement. Il valait mieux éliminer l'hypothèse de l'hospitalisation immédiatement.

Olivier me sidère. Il possède cette capacité de réagir de façon rationnelle face à chaque situation de crise. Je me pose cette question : a-t-il acquis cette faculté grâce à son travail d'urgentiste ou, au contraire, cette faculté l'a-t-elle amené naturellement vers cette profession ? Il faudra que je lui en parle un jour, quand tout aura été résolu.

— L'inspecteur nous a parlé d'affiches, lui dit papa.

Olivier réfléchit un instant avant de lui répondre que, selon lui, ce n'est pas la première des priorités, qu'il faut plutôt se diriger vers les relations connues ou cachées de maman.

Papa a l'air surpris que mon petit ami puisse imaginer que maman pourrait avoir des fréquentations cachées. Il lui répond assez sèchement :

— Non, Olivier, tout cela n'a pas de sens. Toutes les personnes que nous côtoyons sont honorables et Adeline n'a pas de relations cachées, soyez-en certain. Mon épouse et moi, nous ne nous sommes jamais rien caché.

— Soit, lui répond Olivier froidement.

Instantanément, papa se rend compte de l'énormité des paroles qu'il vient de prononcer et, tout en baissant la tête, il se met à bredouiller quelques mots que ni Olivier, ni moi ne parvenons à comprendre.

— Votre femme est-elle très active sur les réseaux sociaux ? l'interrompt Olivier.

— Elle a bien un compte Facebook, lui répond-il, mais rien d'autre, je crois.

Aussitôt, je bondis dans la cuisine dans laquelle je me souviens avoir aperçu, lors de mes recherches de l'après-midi, le portable de maman traînant près du four micro-ondes. À vrai dire, j'avais trouvé l'endroit bizarre comme place de rangement. Mais peu importe, très vite je saisis l'ordinateur et je rejoins papa et Olivier dans le salon.

Je m'assois au centre du canapé et lève nerveusement le couvercle du portable. Papa et Olivier m'y rejoignent. Nous voilà donc assis tous trois, côte à côte, face à la baie vitrée donnant sur le jardin. Non pas pour prendre l'apéritif comme il serait convenu de le faire à cette heure. Ni pour observer les pies, mésanges, corneilles ou autres pinsons, comme j'aimais le faire avec maman dans mon enfance. Encore moins afin d'admirer le soleil couchant de cette magnifique journée de printemps. Non, nous sommes installés sur ce canapé pour tenter d'accéder au compte Facebook de maman, disparue depuis une semaine maintenant.

# 4. Olivier

Se brancher sur le compte d'Adeline fut un jeu d'enfant. Par chance, aucun mot de passe n'avait été configuré sur son ordinateur et les données de sa connexion Facebook étaient en mémoire.

La liste de ses amis ne comportait que cinq noms : celui de Pascal, ceux de Louise, Paul et Bertrand, ainsi que celui de sa sœur Amélie. Personne, donc, hors du cercle familial. Adeline n'avait, par ailleurs, jamais publié la moindre information, ni partagé la moindre photo, sur son mur.

— Je t'avais prévenu, Olivier, m'a dit Pascal, Adeline n'est pas férue de toutes ces nouvelles technologies. D'ailleurs, il suffit qu'elle appuie sur n'importe quelle touche du clavier pour que les pannes surgissent.

— J'avais tout de même imaginé qu'elle aurait plus d'amis, lui ai-je répondu, d'une voix calme. Depuis quelques années, les gens d'un certain âge aiment se retrouver sur Facebook.

— Cinquante ans, un certain âge ! Ma foi, tu n'y vas pas avec le dos de la cuillère, m'a-t-il répondu, offusqué.

Là, j'ai senti que j'avais gaffé et qu'il m'aurait fallu tenter de me rattraper mais, comme je ne trouvais rien à répliquer, j'ai laissé tomber.

— Mon cœur, tu veux bien me passer le portable ? j'ai demandé à Louise.

Elle me l'a donné machinalement, sans un mot. Puis, elle s'est levée, a effectué quelques mouvements d'assouplissement avec les bras et est allée se poster à la fenêtre, le visage posé sur la vitre, l'air absent.

« Faudrait pas qu'elle craque, en plus », j'ai pensé.

J'ai examiné la page Facebook d'Adeline. Sur la photo de couverture, on pouvait découvrir un lac aux eaux limpides, situé en moyenne montagne dans un cadre majestueux, magnifiquement arboré.

— Ce cliché date de trois ou quatre ans, m'a dit Pascal, toujours assis à mes côtés, en jetant un œil discret sur l'écran. Adeline et moi logions dans un petit hôtel dans le Jura. Nous y étions partis pour une semaine. Ah ! quel endroit magnifique. Vous connaissez le Jura, Olivier ? m'a-t-il demandé, la mine soudain réjouie.

« La nature humaine est curieuse, j'ai pensé. Il est inouï comme la vue de cette seule photo lui aura permis d'oublier, ne fût-ce que pour quelques instants, les problèmes inextricables dans lesquels il est plongé depuis une semaine. »

— Vous connaissez ? a-t-il insisté.

— Votre fille et moi préférons l'exotisme, lui ai-je répondu.

— Oui, bien sûr, m'a-t-il dit, avant de se détourner.

La deuxième photo, celle de profil, révélait une Adeline souriante. Elle y figurait en compagnie de Louise et Paul et devait avoir été prise assez récemment. Lors d'une réunion de famille à laquelle je n'avais pas été convié, probablement. À vrai dire, il fallut à Louise une grande force de persuasion, les premiers mois de notre vie de couple, pour que ses parents daignent m'accepter comme compagnon de leur fille. Je n'étais pas, en effet, pour parler franchement, le genre de garçon qu'ils avaient espéré pour elle. Enfin, tout cela appartient au passé et, comme toutes les rancœurs ont été évacuées depuis, il est sûrement préférable de ne plus trop le remuer.

Alors que je soupirais, j'ai cliqué distraitement sur l'icône « invitations » située en haut de la page, mais rien n'y était enregistré. J'ai poursuivi avec l'icône « messages » et là, surprise, une correspondance avec sa sœur Amélie avait été enregistrée en date du vendredi dix-sept avril, soit le jour même de sa disparition. J'ai relevé les yeux discrètement. Devant moi, toujours debout, Louise était en pleine contemplation mystique du jardin et, à ma droite, à mes côtés sur le canapé, Pascal avait les paupières baissées et semblait assoupi.

J'ai pensé alors qu'il était inutile de les arracher à leur rêverie pour si peu et j'ai pris connaissance de l'échange écrit entre les deux sœurs.

Sidéré après ma lecture, j'ai compris que toute cette foutue histoire était loin d'avoir livré tous ses secrets et que nous étions très mal embarqués.

Il était plus que temps pour la tante de Louise de jouer franc jeu avec nous et de nous fournir quelques explications.

*Dimanche 26 avril*

Nous ne sommes pas retournés dormir à la maison hier soir.

— Vous n'allez pas vous taper cinquante bornes pour retrouver votre lit, nous a dit Pascal, vers minuit, d'un ton péremptoire. D'ailleurs, Olivier n'est pas en état de conduire. Allez, c'est décidé, vous dormez dans ma chambre et je me réfugie dans celle de Paul.

Je ne pouvais le contredire. Je n'étais plus trop frais. Comme, après avoir terminé de manger les pizzas commandées chez le traiteur et descendu le magnum de chianti qui les accompagnait, Pascal nous avait encore servi un cognac millésimé en digestif, il était préférable pour nous de rester raisonnables et de l'écouter.

Pendant le repas, je leur avais parlé de ma découverte sur Messenger et j'avais réussi à persuader Pascal qu'il valait mieux que je me présente seul chez Amélie. À ma grande surprise, il avait reconnu sans protester que c'était une excellente idée.

Je n'ai pas fermé l'œil de la nuit. Squatter le lit des parents de ma copine a été pour moi, pour je ne sais quelle raison, un véritable supplice. Peut-être les ai-je inconsciemment imaginés occupés de s'accoupler ? Louise n'a pas connu ce problème. Elle a dormi comme une souche.

J'y suis.

Le bloc d'appartements est quasi neuf ; je ne m'y attendais pas. J'imaginais Amélie logeant dans un immeuble prêt à être désaffecté. Louise me l'avait tellement présentée comme une tante bohème, limite dépravée, ayant papillonné toute sa jeunesse, et lâchée ensuite par tous les hommes avec lesquels elle avait espéré se poser, que je ne pouvais me l'imaginer que baignant dans une profonde misère.

— Ouais ?

La voix est pâteuse. J'ai bien fait d'attendre onze heures avant de me pointer. Nous sommes dimanche, jour de grasse matinée, mais quand même.

— Amélie ?

— Ouais, c'est qui ?

— Heu, bonjour Amélie, c'est Olivier, l'ami de votre nièce Louise. Vous vous souvenez de moi ? Nous nous sommes croisés, il y a quelques mois, chez votre sœur.

— Olivier ! Mais oui, bien sûr que je me souviens de toi. Attends, j'ouvre. Troisième étage, gauche en sortant de l'ascenseur.

Quand je débouche dans le couloir, elle est déjà sur le pas de la porte à m'attendre. Pieds nus, elle est simplement vêtue d'une robe de nuit courte en jersey souple, de couleur rouge, avec en motif la tête de Mickey imprimée devant. Contrairement à sa sœur, assez enrobée, elle m'apparaît d'une minceur inquiétante. De profonds cernes bleus sous les paupières alourdissent son regard. Elle doit avoir perçu la surprise dans mon regard car elle me dit :

— Ne fais pas attention, Olivier, je sors du lit. Je me suis payé toute la saison 3 de *Killing Eve* hier soir et je n'ai pas beaucoup dormi. Allez, entre ! Et on se fait la bise, non ?

— Oui, bien sûr, je lui réponds d'un air faussement enjoué avant de tendre la joue.

— J'adore cette série, tu connais ? me demande-t-elle.

— Louise en est folle, lui dis-je.

Ensuite, après m'avoir dévoilé tous les secrets de la troisième saison, elle me propose un café que j'accepte. Puis, tandis qu'elle prépare celui-ci, elle me débite tout un exposé sur les différentes saveurs des expressos italiens.

Cette femme est sidérante, je pense alors.

Je la sors littéralement du lit un dimanche matin en débarquant chez elle à l'improviste. Ami de sa nièce, elle me connaît à peine. Pourtant, elle me reçoit sans complexe, presque nue, et, d'emblée, elle me parle comme à un vieil ami et m'énumère en long et en large toutes les qualités de l'expresso.

Est-elle indifférente ? N'aurait-elle pas pourtant toutes les raisons de penser que quelque chose de grave puisse être arrivé à sa sœur ? Ne devrait-elle pas s'inquiéter du motif de ma visite ?

Ou, peut-être, comme je le pressentais, connaît-elle parfaitement l'endroit où Adeline se cache ?

Assis sur deux tabourets disposés face à face, nous venons de terminer notre deuxième expresso dans la cuisine quand je me décide à l'interrompre et lui lance brusquement :

— Adeline n'est toujours pas rentrée.

Aussitôt, elle se crispe et croise machinalement les jambes, offrant involontairement à mon regard une cuisse musclée. Un sentiment de gêne m'envahit.

— Mais cela fait plus d'une semaine qu'elle a disparu, me dit-elle.

— Neuf jours aujourd'hui, je lui réponds.

Elle est sous le choc, tétanisée. Durant d'interminables secondes, nous restons muets tous les deux. Un silence pesant envahit la pièce. Puis, elle se ressaisit enfin. Tout en se grattant le front, elle me dit :

— Mais bon Dieu, Pascal est venu m'annoncer la disparition d'Adeline mardi. Pourquoi ne m'a-t-il pas rappelée depuis ? Notre entrevue s'était mal terminée, d'accord, mais quand même. J'imaginais qu'Adeline était chez elle, peinarde et, surtout, satisfaite d'avoir pu lui rendre la monnaie de sa pièce à ce tordu.

— Vous auriez pu l'appeler, non ?

Elle lève les yeux vers moi, me fixe du regard. Je la sens au bord de l'explosion.

— Tu essaies de me culpabiliser là ou quoi, Olivier ? me demande-t-elle, d'un ton agressif. Adeline et moi ne sommes pas comme ces sœurs gnangnans qui ont besoin de se téléphoner trois fois par jour pour partager entre elles tous les cancans possibles et imaginables. Nous nous sommes vues il y a une dizaine de jours et, pour le moment, je n'avais aucune raison essentielle de la contacter. Chacun sa vie, non ?

L'occasion est trop belle. Il faut que j'en profite.

— Pourtant, lui dis-je, vous êtes encore entrée en contact avec elle le vendredi 17, le jour de sa disparition, puisque vous avez échangé des messages sur Messenger. Vous lui parlez d'ailleurs d'un ancien ami commun, un certain José, un bon coup à vos yeux.

— Mais t'es flic toi, mon pote, me répond-elle, en s'emportant soudain. Petit con, va ! Tu vas me foutre le camp d'ici avant que je ne me fâche. Aussitôt, avant que je puisse réagir, elle se saisit d'un couteau dans le tiroir de la cuisine et me le place sous la gorge.

— Arrêtez Amélie, arrêtez, je vous en prie, lui dis-je, effrayé. Tout ce que je souhaite, c'est de retrouver votre sœur. Je n'en ai rien à foutre, moi, si vous l'avez aidée à se dégoter un mec. Qu'elle se venge, qu'elle fasse tout ce que bon lui semble, je n'en ai rien, mais alors absolument rien à cirer de toutes vos histoires. Dites-moi simplement qu'elle va bien, afin que je puisse apaiser Louise, lui annoncer que sa maman se porte comme un charme, qu'elle dispose de tous les médicaments nécessaires pour se soigner.

— Les médocs ! Olivier, ne me raconte pas qu'Adeline n'a pas emporté ses médocs. Elle les garde plus précieusement que des bijoux. « Mon assurance contre la mort », dit-elle toujours quand elle les avale.

Je la sens exaspérée. Je redoute que, dans un mouvement involontaire, elle en vienne maintenant à me trancher la gorge. Je sens une sueur froide me couler le long du dos. J'ai peur. Réellement peur.

Mon visage doit refléter ma profonde angoisse car Amélie arrête brusquement de gesticuler et elle me fixe longuement du regard. Puis, toute rage envolée comme par magie de son être, elle me demande, un large sourire aux lèvres :

— Non, mais Olivier, t'as tout de même pas cru que j'allais t'embrocher ? Je ne suis pas une tueuse, tu sais.

Malgré ce revirement inattendu, elle tient toujours le couteau en main. Guère rassuré sur ses réelles intentions, ma seule envie est de quitter cet appartement le plus rapidement possible et de m'éloigner à jamais de cette quadragénaire aux réactions imprévisibles.

Sans lui répondre et sans oser encore la regarder, je saute du tabouret, me précipite hors de la cuisine, rejoins le hall, ouvre la porte et je m'enfuis.

Et alors que je suis déjà à proximité de l'ascenseur, je l'entends me crier :

— Pourquoi détales-tu, Olivier ? Je ne suis pas un monstre, tu sais. Quoi qu'il en soit, je vais la retrouver, ma frangine, tu peux rassurer ma nièce et le gros pourceau. Repasse me voir quand tu le souhaites, mon grand.

# 5. Amélie

*Lundi 27 avril*

Je n'allais tout de même pas avouer à ce blanc-bec, apprenti Columbo, que je suis ravie d'avoir pu unir José et Adeline.

José, je ne l'avais plus revu depuis notre séparation, il y a trois ans. Notre idylle, d'une durée de trois mois, avait été brève mais intense. Je l'avais rencontré alors que je me remettais difficilement du départ de Victor, une ordure qui m'avait lessivée tant psychiquement que matériellement. Non seulement cette brute avait pris l'habitude de se servir de moi comme d'un punching-ball, mais, en plus, elle m'avait délestée de toutes mes économies.

Ce soir-là, Adeline m'avait conviée dans un restaurant sud-américain pour que j'oublie quelque peu mes déboires. José y travaillait comme serveur. Nous étions tombées toutes les deux immédiatement sous le charme de ce bel Argentin au corps d'athlète, aux yeux bleus et à la chevelure de jais. Éméchées après avoir descendu deux bouteilles de Malbec, nous avions osé l'inviter à prendre un verre avec nous après son service. À notre grande surprise, le jeune trentenaire avait accepté de nous rejoindre et, le soir même, il s'endormait dans mes draps après m'avoir emmenée dans des sphères proches du paradis.

Dès le lendemain, Adeline m'avait bombardée de questions sur cette nuit torride et, par la suite, j'avais été obligée de lui exposer presque chaque jour, avec force détails, tous les secrets de ma relation.

Le soir où José, sans me prévenir, m'avait quittée, Adeline avait été plus déçue que moi car, en mon for intérieur, j'avais toujours su qu'une jument de plus de quarante ans ne peut contenter indéfiniment un jeune étalon vaillant.

Hasard ou coïncidence, j'ai donc recroisé José dans un bar tabac vendredi matin de la semaine dernière. Je venais y déposer mon bulletin de loto et, sans le savoir encore, avant même d'avoir joué, j'avais gagné le gros lot. Il était installé sur un tabouret, seul au comptoir. Il y dégustait une bière. Quand il m'a aperçue, il n'a pas cherché à m'éviter. Au contraire, il a souri, s'est approché tout de suite et m'a même embrassée sur la joue. Nous avons alors entamé une conversation comme deux vieux amis heureux de se retrouver et qui ont des tas de choses à se raconter. Il n'a jamais cherché à se justifier et je ne lui ai rien reproché. Après plus d'une heure de causerie, avant de nous quitter, il m'a simplement donné son adresse. « J'y suis pour quelques jours encore, a-t-il dit avec son accent ravageur. Si tu le souhaites, passe me voir. »

C'est alors que j'ai pensé à Adeline. Ce mec, elle en avait rêvé. Elle avait même vécu toute une aventure avec lui, par procuration.

Et l'idée folle a germé dans mon cerveau de détraquée : Adeline, mère de famille respectable, exemple de chasteté, limite sainte-nitouche, mon contre-exemple en fait, qui s'envoie en l'air avec l'un de mes ex, dont elle était secrètement amoureuse jadis.

N'était-ce pas un plan merveilleux ?

Je lui ai envoyé le message le jour même, sans imaginer cependant un seul instant qu'elle suivrait mon conseil, le contacterait et irait le retrouver. Car toute son histoire de vengeance, je croyais vraiment que c'était du pipeau.

J'aimerais savoir à présent ce qui l'a incitée à franchir le pas : la volonté d'humilier Pascal ou l'occasion unique de réaliser un fantasme avec José ?

Plus d'une semaine que cela dure, j'hallucine.

Ce qui me chiffonne toutefois, c'est cette histoire de médocs qu'elle aurait oubliés. Pas dans ses habitudes. Bah ! elle se sera débrouillée pour en obtenir d'autres. La connaissant, une ordonnance devait bien traîner au fond de son sac.

Ah ! Olivier a connu la frousse de sa vie hier quand je me suis emportée. Mais pas de doute, cette leçon, ce petit jeunot — presque mon neveu, en somme, quand j'y pense — l'avait bien méritée. Quelle façon stupide de me sortir cette phrase toute faite, sûrement cent fois répétée avant son arrivée : « Pourtant, t'es encore entrée en contact avec elle le vendredi 17, le jour de sa disparition, et blablabla... »

Oui, je l'avoue, mon sang n'a fait qu'un tour.

Le pauvre, son enquête est au point mort. Tout ce qu'il possède comme élément, c'est un prénom, José. Rien de plus. Ah ! sûr que s'il n'y avait pas ma nièce chérie, occupée de se faire un sang d'encre, je laisserais le cocu se morfondre quelques jours de plus. Mais bon, la plaisanterie a assez duré. Faut que je les contacte. Il ne manquerait plus qu'ils tombent éperdument amoureux, les nouveaux tourtereaux. L'alliance de l'eau et du feu, cela s'est déjà vu.

Zut ! je ne m'attendais pas à ce que José loge dans le quartier le plus chic de la ville mais, tout de même, de là à l'imaginer séjournant dans cette banlieue pourrie…

J'ai repéré qu'une place de parking est disponible au pied de son immeuble mais j'hésite à m'y garer. Est-il bien raisonnable d'abandonner mon véhicule tout neuf au pied de cette HLM ?

Comment ma sœur, très collet monté, a-t-elle d'ailleurs pu franchir sans encombre ce repaire pour délinquants ?

Encore installée au volant, je viens à peine de couper le moteur que, déjà, trois jeunes loubards, sortis du néant, la casquette vissée sur la tête, s'approchent de la voiture d'une démarche chaloupée.

« Allons Amélie, ce ne sont pas trois petites frappes, âgées tout au plus de vingt ans, qui vont t'impressionner », me dis-je pour m'encourager. Puis, sans hésiter, je sors de ma voiture, en claque bruyamment la portière et me dirige d'un pas décidé et le regard fixe vers l'entrée de l'immeuble, distante d'une bonne vingtaine de mètres environ.

À peine ai-je pénétré dans le hall qu'une odeur abominable, mélange d'excréments et de cadavres en putréfaction, me dévore les narines et me retourne les boyaux. Le dégoût me submerge. De plus, tous les murs sont couverts de graffitis, plus obscènes les uns que les autres. Est-il possible que l'on vive ici ?

Je m'approche de l'interphone équipé d'une cinquantaine de boutons de sonnettes. Il m'est impossible d'y déchiffrer le moindre numéro, toutes les plaquettes ont été arrachées. Comment pénétrer alors dans les couloirs du bâtiment ? Pour le moment, ce minuscule problème me semble insurmontable. Je suis anéantie et, tandis que j'essaie de me concentrer pour trouver une solution, je sens le souffle d'une respiration dans ma nuque. Paniquée, je me retourne brusquement.

— Qu'est-ce qu'elle cherche dans le quartier la meuf ? me demande l'une des trois petites frappes en sautillant sur place. Engoncé dans son survêtement de marque bien trop grand pour lui, il est d'une minceur extrême, a le visage émacié, le teint cireux et les yeux enfoncés dans les orbites. J'imagine l'état de ses bras. Drogué à mort, le mec, à n'en point douter. Bien plus baraqués et d'apparence en meilleure santé, ses deux acolytes, placés juste derrière lui, m'apparaissent, avec leur sourire béat et leur regard vide, comme deux irrécupérables tarés.

Surtout ne pas se laisser démonter. Rester zen.

— Je voudrais contacter le locataire de l'appartement 416. Vous pouvez m'aider ? lui dis-je le plus calmement possible.

— Ben, faut monter alors, il me répond. T'es louf, toi, quand même. 416 : quatrième étage, appartement 16. C'est pas sorcier.

— Et comment je fais pour entrer ? je lui demande. Pas moyen de lire quoi que ce soit sur ce foutu interphone.

— Oh ! les mecs, mortelle la nana, lance-t-il à ses potes en se retournant. Elle croit que les sonnettes fonctionnent.

Et d'éclater d'un rire idiot tous les trois.

— Tu ne vois pas qu'il n'y a plus de serrure sur la porte, me dit-il. T'es vraiment tarée, toi. Qui tu viens voir d'ailleurs ?

Ne pas m'emporter. Leur donner l'impression que je trouve cette conversation tout à fait normale.

— José Lopez, vous connaissez ?

— Non, y'a beaucoup de lopettes ici mais pas de Lopez, me répond-il.

Et de se marrer comme des dingues pour la deuxième fois.

Sans demander mon reste, j'en profite pour ouvrir cette foutue porte et je m'engouffre dans les escaliers.

Seigneur, pourvu qu'ils ne me poursuivent pas !

J'arrive au quatrième à bout de souffle. Les quelques plafonniers qui fonctionnent encore diffusent une lumière froide et saccadée. Les murs décrépis sont d'une saleté repoussante.

À tout instant, je m'attends à voir débouler des rats devant moi. J'arrive enfin devant la porte de l'appartement 416. Comme la sonnette a été arrachée, je frappe deux coups légers de l'index sur la porte.

Personne pour m'ouvrir.

Après une petite minute, je refrappe deux coups, toujours aussi délicatement. Je ne veux surtout pas attirer l'attention des voisins. La compagnie des trois zombis au rez-de-chaussée m'a suffi.

Toujours pas de réponse mais il me semble pourtant avoir entendu un léger mouvement à l'intérieur.

Toc, toc, toc. Troisième essai.

Je me sens mal, très mal. Je transpire abondamment. Ma tension doit avoir explosé.

Comme rien ne se passe, je regarde à gauche et à droite si personne ne m'observe dans le couloir, puis je me risque à poser l'oreille droite sur la porte. Je retiens mon souffle et reste immobile à l'écoute du moindre bruit. Soudain, il me semble percevoir à l'intérieur le souffle régulier d'une respiration. Instinctivement, je recule de deux pas et une peur panique m'envahit. Je sens mon cœur s'emballer. Faut que je me raisonne : ne serait-ce pas simplement le souffle de ma propre respiration que j'ai entendu ?

Il me faut en avoir le cœur net.

Je frappe une quatrième fois, plus bruyamment. J'ai la main qui tremble. J'appelle aussi :

— José, t'es là ?

...

— José, si t'es là, ouvre, je t'en prie, c'est Amélie.

...

— Merde, José, ce n'est pas marrant, tu sais. José, Adeline est-elle encore avec toi ?

Puis, enfin, après une attente interminable, le bruit d'un verrou fermé à double tour que l'on ouvre ; la porte qui s'entrouvre ; la tête d'un vieillard terrorisé qui surgit de l'obscurité dans laquelle l'appartement est plongé.

— Pardon, Monsieur, je suis sincèrement désolée de vous avoir dérangé.

Il hausse les épaules, claque la porte violemment.

« C'est quoi ce bordel ? »

— Amélie !

Je me retourne.

Dieu, comme c'est bon de le revoir.

— Amélie, qu'est-ce que tu fous chez le voisin ?

Oh ! cet accent irrésistible. Je me sens faible, je crois bien que je vais m'évanouir.

— José, tu ne loges pas au 416 ?

— Au 416 ? Mais non, au 418.

— Quelle conne, je suis.

Il sourit.

— Conne ou pas, ne reste pas plantée dans le couloir, entre, mon Amélie.

Il m'a appelée « mon Amélie ». Je tressaille.

— Tu n'as vraiment rien trouvé de mieux comme planque ? je lui demande.

— Provisoire, tout cela, provisoire, ma belle.

J'aime quand il m'appelle « ma belle ». S'il n'y avait Adeline, je crois que je l'embrasserais sur-le-champ.

— Adeline n'est plus avec toi ? je lui demande.

— Adeline ?

— Ben oui, Adeline, ma sœur.

Je le vois plonger désespérément dans les tréfonds de sa mémoire à la recherche de ma frangine. Après avoir ouvert pas mal de tiroirs, il semble enfin la retrouver car son regard s'éclaircit :

— Oui, ta sœur, bien sûr ! Oui, je m'en souviens. Je crois qu'elle en pinçait aussi pour moi, non ? C'est bien comme cela que l'on dit en français, n'est-ce pas ? Dommage pour elle, mais à l'époque, j'étais sous ton charme. Adeline était un peu trop… Comment dire ? Un peu trop conventionnelle à mon goût, si le terme est bien choisi.

Il sourit. Je me décompose.

— José, ne me dis pas qu'elle n'est pas avec toi et que vous n'avez pas passé les dix derniers jours ensemble.

— Pourquoi devrait-elle être avec moi ? Je ne l'ai jamais revue, me répond-il, surpris par ma remarque.

Le sol se dérobe sous mes pieds. Toutes mes certitudes s'évanouissent.

« Adeline, où es-tu ? »

# 6. Bertrand

*Vendredi 1<sup>er</sup> mai*

La location de la boutique nous coûte un max mais avec sa situation idéale, en plein centre du piétonnier, à proximité immédiate du port, nous ne pouvions rêver mieux. Reste juste à espérer maintenant que les touristes seront au rendez-vous. Ouf ! les travaux sont enfin terminés, nous pouvons respirer. Si la marchandise nous est livrée dans les temps, nous devrions pouvoir débuter le week-end du quinze. Cela nous laissera un bon mois de mise en train avant la ruée attendue en juillet et août.

Quel coup de folie ! Mais l'occasion était trop belle. Quand nous avons repéré l'annonce, nous n'avons pas beaucoup hésité. Notre vœu le plus cher était de tout plaquer, de nous installer à notre compte, au soleil, de préférence sur une île. Bingo ! Bon, maintenant croisons les doigts pour que tout ne vire pas au cauchemar.

Quand même, sans mon chéri je n'aurais jamais osé me lancer dans une aventure pareille. Paul a un sens inné pour les affaires et il n'a pas froid aux yeux. Tout mon contraire ! Il me rassure aussi. « Ne t'inquiète pas, m'a-t-il dit, je suis peut-être meilleur commercial que toi mais tu seras la meilleure vendeuse d'Ibiza. » J'en ai rougi. Faudra seulement que j'améliore sérieusement mon espagnol. Enfin, l'anglais devrait suffire pour débuter. De toute manière, la majorité de notre clientèle devrait être composée de vacanciers.

Quel temps magnifique : un ciel d'azur, une bonne vingtaine de degrés et une légère brise ; le rêve ! Cet après-midi, c'est sûr, on se paie un petit break et je l'emmène à la plage.

Autant en profiter pendant que nous en avons encore l'opportunité car, ensuite, notre été commercial devrait être chaud.

La maman de Paul n'a toujours pas donné signe de vie. Il ne veut pas trop me le montrer, mais je vois que cela le tracasse. Je peux le comprendre. À sa place, je serais mort de trouille. Je lui ai proposé de rentrer mais il a refusé net. Il ne voit pas en quoi sa présence au pays pourrait être utile au retour de sa mère. Il veut aussi, je crois, éviter de se retrouver face à face avec son père qui, au contraire d'Adeline, n'a jamais réellement accepté notre relation. Pour moi, tout a été beaucoup plus facile. Faut dire que, tout petit déjà, j'aimais me déguiser en fille et jouer à la poupée. Mes parents n'ont donc pas été surpris quand, à l'adolescence, je leur ai avoué mes penchants. Je leur serai reconnaissant ma vie entière pour leur réaction exemplaire : ils n'ont jamais tenté de me dissuader, ils n'ont eu cesse de me mettre en garde contre les intolérants de tout poil et ils m'ont toujours soutenu dans les passages difficiles que j'ai eu à franchir. Ah ! je nous revois à la mairie l'année dernière quand Paul et moi nous sommes embrassés devant le maire. Toute l'assemblée, à l'exception de mon tout nouveau beau-père, riait et applaudissait à tout rompre. Lui restait figé, le visage cramoisi. S'il avait pu disparaître, il n'aurait pas hésité une seconde. Le comble fut atteint quand papa, très imbibé en fin de soirée, lui déclara, pour tenter de le dérider : « T'en fais pas Pascal, nous serons quand même grands-pères. Nos fils trouveront une mère porteuse ou adopteront un petit étranger ». Un instant, j'ai cru qu'il allait lui voler dans les plumes et que papa allait se retrouver à l'hosto. Heureusement, Adeline est intervenue et a créé une diversion. Quand je repense à cela, maintenant, je me marre. Il ne doit pas être fier l'amateur de chair fraîche. Bien fait pour sa tronche.

Bon, Paul, qu'est-ce que tu fabriques ? Encore à papoter avec le poissonnier ?

Ah ! mon portable qui vibre.

C'est sûrement lui. Il doit être coincé dans les embouteillages.

— Allô.

— Mon Dieu, Paul, si tu savais ce que mon père vient de me raconter. J'en ai les jambes qui tremblent. C'est un vrai truc de dingues.

— Laisse-moi deviner mon bébé. Tes parents ont décidé de tout vendre et de venir s'installer auprès de leur fils unique à Ibiza. Ah ! c'est vrai qu'il est encore si jeune et si fragile ce petit. Allons, à vingt-sept ans on n'a pas idée d'aller s'établir à des milliers de kilomètres de sa maman chérie. Et avec un horrible monsieur, en plus.

— Arrête Paul, je suis sérieux là. Il s'agit de ta mère.

— Quoi, ma mère ?

En un éclair, toute la gaieté qui illuminait son visage a disparu et a laissé place à un masque d'inquiétude.

— On l'a retrouvée ? me demande-t-il.

— Pas exactement. Euh ! Comment te dire ?

J'hésite, je bloque, je ne trouve pas les mots qui conviendraient.

Paul s'énerve, il élève la voix :

— Mais parle, bon sang, que se passe-t-il ?

Je ne supporte pas les engueulades. Je sens les larmes pointer au coin de mes paupières. Faut que je me ressaisisse. Je me lance :

— Paul, ta mère a couché avec mon père.

Il reste immobile, un instant, à m'observer. Il me scrute du regard, me fouille, m'analyse. Il se demande pour quelle raison tordue je lui ai sorti une telle ineptie. Il ne sait pas, il ne comprend pas. Alors, il se décide à rire.

— Fofolle, tu m'as bien eu, me dit-il, sur un ton à nouveau enjoué. Mais je préférerais tout de même, mon biquet, que tu t'abstiennes de ce genre de plaisanterie à propos de maman.

Sa réaction me laisse pantois. Ses neurones ont manifeste-ment joué un rôle de barrière dans la transmission de l'infor-mation au cerveau. Alors, distinctement, je lui répète une deuxième fois :

— Paul, ta mère a couché avec mon père !

Il s'est emporté, il a traité mon père de tous les noms d'oiseaux ; il l'a qualifié de mythomane, de fabulateur. Je suis resté stoïque, comme toujours quand il sort de ses gonds. Comment sa pauvre mère — la sainte madone — aurait-elle pu accomplir un tel acte ? Fou de rage, il est sorti en claquant la porte. Je l'ai attendu patiemment pendant plus d'une heure. Il est enfin revenu, le visage ravagé. Il m'a prié de lui pardonner son emportement. Son subit changement d'attitude m'a alerté. Malgré ses promesses, il devait avoir goûté à nouveau à l'une ou l'autre substance illicite. Mais comment pourrais-je lui en tenir rigueur dans un tel tumulte ? Il m'a supplié de lui raconter.

Je l'ai emmené à La Bodega, à mi-chemin entre la boutique et notre appartement. Nous sommes installés à l'une des petites tables disposées le long du trottoir qui fait office de terrasse. La nuit tombe mais la température est douce. Les luminaires de la taverne diffusent une lumière falote. Nous avons commandé un assortiment de tapas et une bouteille d'Ibizkus, notre vin préféré de l'île.

Je lui prends la main, j'y dépose un baiser du bout des lèvres, il sourit. Nous trinquons à nos amours. Il me demande une nouvelle fois de lui raconter tout ce que je sais, maintenant. J'accepte mais je l'invite à ne pas m'interrompre. Il acquiesce. Je parle calmement, posément :

— Quand papa m'a appelé, j'ai tout de suite compris à sa voix, beaucoup plus grave, beaucoup plus brisée que d'habitude, que quelque chose clochait. Au moment où il m'a demandé de ne répéter en aucun cas à maman ce qu'il avait à m'avouer, j'ai pris peur car j'ai cru qu'il allait m'annoncer sa mort prochaine. Rassure-toi, physiquement, je vais bien, a-t-il dit, alors que je lui exprimais mon angoisse. Moralement, par contre, je te l'avoue, je suis détruit, lessivé par le remords. Et tandis que je m'impatientais, l'invitant à tout me révéler au plus vite, il m'a intimé de me taire et de le laisser parler.

— Un peu comme toi, il y a quelques secondes, me fait remarquer Paul.

— Exactement, je lui réponds en souriant, avant de reprendre :

— Le vendredi 17, aux alentours de midi, papa a reçu un appel curieux de ta mère. Après s'être excusée de le déranger en plein travail, elle lui a demandé s'il n'était pas possible de le rencontrer au plus tôt. Inutile de te dire que papa a trouvé cette demande pour le moins étrange, d'autant plus qu'il n'avait plus revu ta maman depuis notre mariage, il y a un peu plus d'un an. Intrigué, il lui a proposé de le rejoindre à la brasserie dans laquelle il a pour habitude de prendre son repas pendant sa pause de midi à la banque. Moins de trente minutes plus tard, elle était installée à table avec lui. Après avoir commandé le plat du jour et une bouteille de beaujolais, ils ont commencé leur tête-à-tête inattendu par l'échange de quelques banalités. Ta mère ne tenait pas en place, la nervosité l'habitait. Elle posait et reposait sans cesse son verre sur la table sans même parfois l'avoir porté à ses lèvres. De plus en plus troublé par ce comportement bizarre, papa lui a finalement demandé, de but en blanc, la raison pour laquelle elle avait souhaité le rencontrer. Avait-elle besoin d'aide ? Elle a paru soulagée et libérée par sa question et elle lui a raconté alors toute l'histoire, celle que nous connaissons déjà trop bien tous les deux. Déconcerté par ces révélations, mon père a compati du mieux qu'il pouvait et il a tenté de lui remonter, un tant soit peu, le moral. À ce moment, ta mère, insidieusement, a changé de comportement. Elle est devenue moins chagrine mais plus douce, plus mielleuse, plus engageante. Elle s'est approchée au plus près, elle lui a effleuré la main. Papa ne s'est pas méfié ; il a pensé que le vin lui montait à la tête. Puis, elle lui a parlé de vengeance, de sa sœur Amélie, d'un certain José qui rêvait d'elle. Elle lui a dit qu'elle ne céderait cependant pas à ses avances, qu'elle préférait se perdre dans les bras d'un homme mûr. Papa n'a pas compris ce qu'elle insinuait. Alors, elle a continué. Elle lui a déclaré qu'elle enviait son épouse. Elle lui a avoué être impressionnée par sa prestance, par son charme, par son intelligence. Elle a glissé un pied entre les jambes de papa ; elle lui a confié qu'elle le trouvait beau, attirant, séduisant. Elle lui a dit des paroles insensées qu'il n'avait plus entendues depuis des années ; des paroles qui ont flatté son ego de mâle vieillissant et qu'il a avalées comme les auraient avalées un jeune puceau en manque d'amour. Il l'a soudain regardée différemment et il l'a trouvée belle et appétissante dans ses rondeurs de femme épanouie. À cet instant précis, il a perdu le sens des réalités. Il a téléphoné au bureau ; il a pris congé pour l'après-midi. Elle lui a proposé de continuer leur conversation chez elle. Il a accepté. Très vite, ils se sont retrouvés dans sa chambre et leurs sens se sont enflammés. Maintenant, il en a honte. Il regrette amèrement ce moment d'égarement. Il voudrait avoir rêvé. Jusqu'à ce matin, il avait décidé de n'en parler à personne, de ne plus jamais revoir cette femme qu'il considère, a posteriori, comme une nymphomane hystérique, une briseuse de couple. Puis, il a appris incidemment qu'elle avait disparu peu après leur séparation et que toute la famille est à sa recherche. Alors, il a décidé de m'avertir. Il ne sait pas ce qu'elle est devenue. Elle resplendissait pourtant. Ils se sont quittés vers seize heures à proximité de la chapelle de la Sainte Famille où elle lui avait demandé de la déposer avant qu'il ne rentre à la maison rejoindre ma mère. Il avait trouvé cela curieux mais il ne lui avait pas posé de questions. Aujourd'hui, il en est malade, malade de honte.

Je pose les yeux sur Paul. Il est immobile et a le regard fixe. Il est tétanisé par les paroles dures qu'il vient d'entendre. Je termine mon verre et je lui propose de rentrer car il fait frisquet maintenant. Il sort de sa léthargie, acquiesce, se lève et étire les bras. Puis, il me prend la main et, tel deux vacanciers déambulant en amoureux dans les ruelles d'Ibiza, nous nous dirigeons paisiblement vers notre logis.

— Faut que je rentre au pays, maman a besoin de moi, me dit-il, simplement, en cours de route.

# 7. Paul

*Dimanche 3 mai*

J'ai préféré ne prévenir personne de mon arrivée. Après l'atterrissage de mon vol, hier soir vers vingt-deux heures, en provenance directe d'Ibiza, je me suis rendu au comptoir Avis où j'ai pris possession de la voiture de location réservée avant mon départ. Au volant de ce nouveau Captur, j'ai ensuite parcouru la petite trentaine de kilomètres me séparant de l'hôtel Accor dans lequel une chambre m'attendait. Après avoir avalé le plat froid que le réceptionniste avait encore pu me proposer, je me suis couché, un peu avant minuit, sans plan précis pour le lendemain dans la tête.

Ce matin, je me suis levé à huit heures. Contrairement à ce que je craignais, ma nuit a été bonne. Après avoir pris une douche, je me suis rendu à la salle réservée aux petits-déjeuners. J'y ai mangé de bon appétit, ce qui m'a d'ailleurs surpris.

Au cadran de ma montre, il est à présent neuf heures trente et je m'apprête à quitter l'hôtel. Je suis dans les temps : la messe débute à dix heures.

La chapelle de la Sainte Famille, où je décide de me rendre à pied, est située à quelques centaines de mètres de l'hôtel. Elle a été érigée dans le jardin d'une maison de maître, datant d'une centaine d'années, léguée à la communauté par son propriétaire, à sa mort. Après avoir franchi une modeste grille en fer forgé attenant à la demeure et suivi sur une trentaine de mètres une allée aux dalles chancelantes, les fidèles accèdent au lieu de culte. S'il n'y avait l'enseigne accrochée à la façade de la villa, rien ne pourrait laisser imaginer la présence en ce lieu d'une maison de Dieu.

J'approche. Je vérifie mon habillement. Je suis vêtu sobrement ; je me dois de rester discret. Sous ma veste grise, je porte une chemisette blanche Lacoste et j'ai enfilé un pantalon en laine cardée.

Au fur et à mesure que je m'approche de la chapelle, je sens mon estomac se nouer et des crampes me déchirer le ventre. La nervosité me gagne.

Alors, tandis que je me force à avancer, les souvenirs marquants de cette période remontent à la surface.

L'immersion, d'abord.

Un soir, peu après notre profession de foi — nous devions avoir alors douze ou treize ans — papa et maman nous convoquèrent, Louise et moi, dans le salon après le dîner. Ils avaient, selon leurs dires, une nouvelle importante à nous annoncer. Avant de les rejoindre, nous avions, je m'en souviens parfaitement, essayé de deviner, chacun notre tour, ce qui nous attendait. Tandis que Louise, pessimiste, tablait sur une rentrée scolaire dans un internat, j'avais parié, plus optimiste, pour des vacances en Martinique. En réalité, tant l'un que l'autre, nous étions loin, très loin de la vérité puisque notre cher père nous annonça que, dorénavant, nous adhérerions à l'église traditionnelle. Il nous expliqua qu'un prêtre de ses amis l'avait persuadé que la nouvelle messe est de la viande avariée, que l'on peut y assister si l'on n'a rien d'autre mais que si l'eau vive de la Tradition coule à proximité, il n'y a pas d'hésitation possible à avoir pour éviter à long terme l'empoisonnement.

Habitués à subir, de la part de notre père, ce genre de charabia auquel nous ne comprenions rien, nous n'avions pas discuté. À quoi bon ?

Le changement a été radical : réunions de prière, répétitions de chorale, séminaires apostoliques, camps de jeunesse se sont, dès ce jour, enchaînés. Pour nous, dont la foi chrétienne s'était toujours résumée, jusqu'alors, à suivre docilement nos parents à l'église le dimanche matin, le contraste fut saisissant.

Oh ! comme j'ai souvent regretté, par la suite, notre absence de révolte, notre engourdissement, face à cet endoctrinement forcené. Pendant près de trois ans, sans jamais y adhérer pourtant, nous avons accepté de renvoyer, sans broncher, l'image d'enfants sages d'une famille modèle de cathos intégristes. Notre âge peut-il être avancé comme excuse ?

La rupture, ensuite.

Notre famille a volé en éclats le jour où ma mère a pénétré à l'improviste dans ma chambre et m'a surpris alors que j'embrassais sur la bouche un de mes camarades de classe avec lequel j'étais censé réviser mes leçons. Horrifiée, elle s'est mise à hurler comme une folle et a prévenu mon père qui, plutôt que d'essayer de comprendre ma différence, m'a balancé illico une torgnole mémorable dont je garde encore une cicatrice à la joue droite aujourd'hui.

Désemparée devant un fils qu'elle découvrait sous un nouveau jour, maman a cru bon de chercher de l'aide auprès de sa sainte Église et de son représentant, l'abbé Mornay, curé de la paroisse. Avec grandiloquence, celui-ci ne s'est pas fait prier pour qualifier mon comportement de déviance sexuelle maladive et il a proposé, comme remède — pour mon bien évidemment — un séjour dans une de leurs écoles privées pour garçons en recherche d'identité.

Deux jours après mon entrée dans cet établissement de luxe, situé à proximité de la mer et hors de prix, mais plus proche, selon moi, de la maison de redressement que du collège chic, j'ai fugué. Au cours de ma fuite désespérée, j'ai rencontré sur la route trois jeunes migrants, bien plus égarés et à plaindre encore que moi. En baragouinant, tous les quatre, un anglais approximatif, nous avons réussi à nous comprendre et à sympathiser. Désemparé, j'ai décidé de les suivre et j'ai rejoint la jungle de Calais avec ces compagnons d'infortune. Épuisés après une semaine de galère dans ce ghetto, nous avons tenté de fuir maladroitement en Angleterre mais, avant même d'avoir pu embarquer dans la remorque du camion que nous avions repéré, nous avons été arrêtés.

Mon retour à la maison a été agité. Inflexible, mon père a voulu me renvoyer séance tenante chez les anges purificateurs mais, du haut de mes seize ans, et avec l'aide de Louise, tout aussi révoltée que moi, j'ai tenu, pour la première fois, tête à ce père qui représentait finalement tout ce que je détestais.

En trois ans, ma vision de la vie sociale et politique s'était affinée, et j'avais compris en mûrissant que mon paternel n'avait pas opté pour l'église traditionnelle uniquement pour une question liturgique mais aussi pour épouser certaines idéologies de droite qui s'éloignent fortement de la dimension religieuse. J'en étais écœuré.


La réconciliation, enfin.

Après avoir poursuivi notre scolarité en internat, dans des établissements laïques — mille mercis pour ton intervention énergique auprès de maman, chère tante Amélie — Louise et moi avons tourné le dos définitivement à toute forme de religion. Dès lors, tous nos retours dans la maison familiale, pour le week-end ou les vacances, ont été empreints de fausseté. Papa et maman qui, pour ne pas nous perdre définitivement, avaient dû se résoudre à accepter nos choix de vie, ont démissionné de leur fonction parentale et nous ont laissés agir à notre guise en tous domaines. Plus aucun reproche mais plus aucun soutien ; plus d'engueulades mais plus d'amour. L'indifférence. L'insupportable indifférence.

Puis, le jour même de nos dix-huit ans, maman s'est enfin rebellée. La mère de famille exemplaire, soucieuse jusque-là de sauver à tout prix les apparences, n'a plus toléré de vivre dans cette atmosphère latente d'hypocrisie. Lors d'une crise de nerfs mémorable, elle nous a lancé un cri d'amour puissant que nous n'espérions plus. Elle a mis notre père en demeure, s'il souhaitait la garder, de se rapprocher de nous, de nous accepter tels que nous étions.

Ce jour-là, maman a beaucoup tonné, gémi, gesticulé ; ce jour-là, maman est redevenue notre mère.

Une horrible parenthèse, de plus de deux ans, s'est ainsi refermée.

Plus que cent mètres. Je peux déjà apercevoir quelques fidèles rassemblés sur l'allée menant à la chapelle. Le doute s'immisce en moi. Que suis-je censé trouver ici en ce dimanche matin ? Bien sûr, maman a demandé au papa de Bertrand de la déposer ici après leur folle étreinte et elle n'a plus été revue depuis, mais pourquoi la solution à sa disparition se trouverait-elle nécessairement en cet endroit ?

Je franchis la grille et tâche de passer inaperçu.

Les familles, endimanchées comme il est difficile de se l'imaginer encore à notre époque, discutent entre elles dans l'attente de l'arrivée du prêtre et de l'ouverture de la porte du lieu saint.

Je suis replongé dix ans en arrière. Je me revois avec mon blazer bleu marine, mon pantalon gris, ma chemise blanche, ma cravate bleue et mes souliers vernis. J'attends docile, le missel à la main. J'ai l'air heureux. Tout le monde a l'air heureux.

Autour de moi, des sourires, rien que des sourires. Rien n'a donc changé.

Dix heures cinq : la messe devrait déjà avoir commencé et la porte de la chapelle reste désespérément close. L'impatience commence à se faire sentir auprès des fidèles qui emplissent l'allée. De légers murmures d'irritation s'élèvent doucement.

Finalement, le bedeau sort de la villa et se dirige d'un pas lourd, une grosse clef à la main, vers la porte de la chapelle. « Pardon, pardon » ne cesse-t-il de répéter à tous pour se frayer un passage. Aux regards interrogateurs qu'il rencontre, il répond par une moue dubitative et un haussement perplexe des sourcils. Lui, non plus, ne sait manifestement pas pourquoi Monsieur le curé, reconnu pourtant pour sa grande ponctualité, est en retard.

Voilà, la clef a été introduite dans la serrure, le battant s'ouvre et le bedeau s'écarte aussitôt pour laisser les premiers pratiquants pénétrer dans le calme et le recueillement dans le sanctuaire.

Après, très vite, le bourdonnement, les claquements secs, les cris d'effroi, les visages horrifiés !

# 8. Adeline

*Vendredi 17 avril*
*10 heures*

Pourquoi lui avoir préparé un petit-déjeuner ? Pourquoi lui avoir souri ? Pourquoi lui avoir demandé de nourrir romantiquement les oiseaux dans le jardin avec moi ? Pourquoi lui avoir donné un baiser sur les lèvres avant son départ ? Fichtre ! pour qu'il me regrette.

« On pourrait se faire un ciné ce soir et aller manger chez le Grec après. » Non mais, il a vraiment cru que je lui avais subitement tout pardonné, ce traître. Et son air quand il m'a dit : « À ce soir, je t'aime ». Ma parole, il rêve !

La coupe est pleine. Pendant plus de vingt ans, j'ai tout supporté. Tantôt pour le bien des enfants, tantôt de peur du qu'en-dira-t-on, tantôt pour préserver mon petit confort personnel. Basta !

J'ai souffert, il va souffrir.

Je me barre.

Ma conversation de mercredi avec Amélie m'a ouvert les yeux. J'ai beaucoup réfléchi depuis et, non, tout n'est pas oublié. Même si nous avons recouché ensemble ; même si le doute s'est immiscé en moi ; même si j'ai cru ne pas avoir la force de me révolter ; même si je pensais pouvoir l'absoudre.

Oh ! je pourrais, comme il l'a suggéré, lui rendre simplement la monnaie de sa pièce. Oui, je pourrais m'envoyer en l'air et le tromper, mais à quoi bon ? Certes, j'ai déclaré à Amélie que j'étais tentée et j'ai même ajouté, en forme de boutade, que la fidélité a ses limites, mais, en réalité, cela ne m'intéresse pas.

Marre de cet esprit borné ; marre de ce fasciste ; marre de ce père dictateur qui n'a jamais su comprendre et aimer ses propres enfants et a réussi, tout un temps, à m'éloigner d'eux ; marre de ce catholique de façade ; marre de ce minable qui m'a cocufiée ; marre de cette vie fade d'épouse modèle.

Je me barre. Aujourd'hui même !

*Vendredi 17 avril*
*11 heures*

Tiens, Amélie qui m'envoie un message sur Messenger. Voyons ce qu'elle raconte :

— Salut sœurette, tu ne devineras jamais qui j'ai rencontré par hasard ce matin au bar-tabac…

Allons donc, un jeu de devinettes.

— Comment veux-tu que je sache, le pape ?
— Mieux que cela !
— Le fantôme de papa.
— Même pas marrant ! Non, j'ai rencontré José.
— José. Notre José ?
— Oui, le bel Argentin aux muscles d'acier.
— Waouh. Dis-moi, cela fait combien de temps que tu ne l'avais plus vu ?
— Trois ans. Il est toujours aussi beau, aussi séduisant et, surtout, il est libre comme l'air.
— Non, tu ne vas pas m'annoncer que tu comptes renouer une relation avec lui ?
— Moi, certainement pas. Mais toi, pourquoi pas ? Il m'a d'ailleurs demandé de tes nouvelles et je lui ai dit que tu vivais des moments difficiles.
— Tu plaisantes, tu n'as pas osé faire ça.
— Il m'a filé son adresse ; il souhaiterait vraiment te voir. Vraiment ! Il en a toujours pincé pour toi, tu sais.
— C'est vrai que j'avais aussi un petit béguin pour lui.
— Tu en étais carrément folle, oui. Il m'a dit qu'il pourrait t'aider. Il habite dans le bloc C de la ZUP Ouest, appartement 418. Il t'attend avec impatience !
— Tu me donnes presque envie, là !

— Vas-y ; profites-en ; prends ton pied ; venge-
toi !

— D'accord, d'accord, je vais y réfléchir. Allez, je
te laisse. J'ai encore un tas de choses à régler.

— OK. Salut sœurette et amuse-toi, la vie est trop
courte.

Pas de doute, ma sœur est une foldingue. Comment peut-
elle imaginer une seule seconde que je pourrais aller retrouver, dans je ne sais quelle zone perdue, son ancien mec, sous
prétexte que mon propre mari m'a trompée ? C'est vrai qu'il
me plaisait beaucoup, énormément même, le beau José, mais
pour rien au monde j'aurais voulu coucher avec lui. L'adultère est un péché mortel, à ce que je sache. Ah ! sacrée Amélie,
elle a réussi à ensoleiller ma morne journée avec sa proposition abracadabrante. Mais comment est-il possible que deux
sœurs puissent être tellement différentes ? Cela restera toujours un mystère pour moi.

*Vendredi 17 avril*
*Midi*

J'ai une faim de loup. Il faut que je mange. Les valises attendront.

Vendredi, il doit y avoir du poisson au menu du jour de la brasserie des Lilas. Allez, je craque. On n'a que le bien que l'on se donne, non ?

Bon Dieu, c'est plein à craquer.

— Bonjour André, vous avez encore une petite place pour moi ?

— Ah ! Adeline, c'est toujours un plaisir de vous revoir ici. Pascal ne vous accompagne pas ?

— Non, je suis seule.

— Attendez un instant, je vous prie, je vais voir ce que je peux faire pour vous, c'est chaud, chaud, chaud, ce midi.

— Merci André.

C'est tout bonnement inouï. Vendredi midi, veille du week-end, les restaurants sont bondés. Je me demande vraiment s'il existe encore une seule personne qui cuisine à la maison dans ce pays.

— Adeline ! Adeline !

Mais c'est Pierre-Alain, le papa de Bertrand, qui m'appelle et agite les mains.

Il est seul, me propose de m'installer avec lui. Difficile de l'ignorer. Mais pourquoi ne pas accepter, après tout ? J'ai le souvenir d'un homme sympathique, à la conversation agréable. Autant profiter de la place qu'il me propose gentiment. De toute manière, je n'ai plus à me soucier pour Pascal puisque je suis célibataire. Célibataire !

J'ai la tête qui tourne. Il nous a commandé d'office une bouteille de beaujolais pour accompagner notre repas et depuis il n'a cessé de me resservir. Comme elle est vide maintenant, il insiste pour que j'accepte un digestif.

Il me complimente, me baratine, enfonce son regard profondément dans le mien tandis que je lui débite des banalités. Tenterait-il de me séduire ? Il devient lourd. Vraiment lourd. J'en ai les jambes qui tremblent.

Bon, je vais tout lui raconter, cela créera une diversion. Et de toute façon, autant qu'il sache.

— Pierre-Alain, je dois vous avouer que je vis une période assez difficile. Pascal et moi connaissons d'énormes problèmes de couple...

Aussitôt, il redevient tel que je l'avais connu lors de nos rares rencontres précédentes et il abandonne son étrange jeu de séduction. Il m'écoute sans broncher, avec bienveillance. Je suis soulagée.

Il compatit, il comprend ma décision radicale, certes, mais courageuse de quitter le domicile conjugal. Il propose de m'aider. Il accepte d'ailleurs de suite de me déposer chez Amélie. Il me demande cependant un instant, donne un coup de fil pour prendre son après-midi et me dit simplement ensuite que tout est arrangé, qu'il est à ma disposition.

Je me lève et le sol se dérobe sous mes pieds. L'alcool, à n'en pas douter. Habituellement, je ne bois jamais de boissons alcoolisées au cours de la journée. Mais rien n'est habituel aujourd'hui.

Nous quittons le restaurant. Il passe son bras au-dessus de mon épaule, me serre. Nous nous dirigeons à pied vers mon domicile. Les idées s'entrechoquent dans ma tête. Aurait-il à nouveau d'autres intentions ? Mais non, voyons, raisonne-toi Adeline, c'est le beau-père de ton fils, il est amical, voilà tout.

À la maison, je lui propose un whisky. Il accepte. Il s'approche, il me dit qu'il me trouve belle, séduisante, attirante. Je lui rappelle en souriant que j'ai cinquante ans et de fameuses rondeurs. Il m'avoue qu'il adore les femmes pulpeuses. Il me sort des paroles insensées, le genre de paroles que toutes les femmes adorent entendre, même si elles savent qu'elles sont rarement sincères. Il m'attire sur le canapé, essaie de m'embrasser. Je le repousse, essaie poliment de lui faire comprendre que je ne suis pas ce genre de femme. Je perds pied, prend peur. Il insiste, se laisse tomber sur moi.

« Arrêtez Pierre-Alain, je vous en prie », je lui crie. Il me dit de ne pas résister, il assure que cela va me plaire. Je sens sa main remonter le long de mes fesses, passer sous ma jupe, m'arracher la culotte. Je hurle. Il en profite pour enfoncer sa langue profondément dans ma bouche. J'en ai un haut-le-cœur.

Mon Dieu, faites que tout cela cesse !

— Alors, cela t'a plu ? il me demande.

Je viens de me faire violer par cet homme et il me demande si cela m'a plu ! J'ai le regard perdu. Aucun son ne s'échappe de ma gorge. Je voudrais m'effacer, disparaître à jamais de cette terre immonde.

— Évidemment, notre petite aventure reste entre nous, me dit-il, le plus naturellement du monde.

Je me sens vide, souillée, frappée d'une tache indélébile.

— Bon, si tu veux que je te conduise chez ta sœur, tu devrais penser à tes valises, me dit-il, tout en se rhabillant.

— Pourrais-tu plutôt me déposer à la chapelle de la Sainte Famille, je lui réponds d'une voix éteinte.

— Tu ne pars plus ?

— Si, si, mais je dois d'abord absolument y passer.

— OK, me dit-il, sans chercher à comprendre.

Puis il ajoute, comme si ce qui venait de se passer entre nous était la chose la plus banale au monde :

— Mais tu pourras te débrouiller ensuite car ma femme m'attend pour les courses du vendredi soir au supermarché.

— Ne t'inquiète pas pour moi, je lui réponds, totalement anéantie.

*Vendredi 17 avril*
*16 heures*

Effectuer le parcours de chez moi à la chapelle ne nous a pas pris plus de dix minutes. Une éternité, pourtant. Je suis effondrée. Dehors, le soleil brille de mille feux mais la tempête se déchaîne en moi.

Tout en roulant, il m'a demandé cent fois pardon. Il m'a suppliée de ne pas en faire toute une histoire. Il m'a répété à plusieurs reprises que je devais penser à Paul et Bertrand. Il m'a expliqué que tout cela n'était rien qu'un petit accident de parcours. Il a même osé m'affirmer qu'après tout, je l'avais un peu cherché.

Si j'en avais eu la force et le courage, je l'aurais étripé.

À peine a-t-il eu le temps de garer son SUV Mercedes aux abords de la paroisse de la Sainte Famille que je me suis éjectée du véhicule et me suis précipitée vers l'entrée de la maison dans le jardin de laquelle la chapelle est implantée.

Je l'ai quitté sans un mot, sans un regard dans sa direction.

La porte en bois massif est fermée. Je sonne longuement sans m'interrompre. Pourvu que l'abbé Lagae soit présent. Lui seul peut me comprendre, lui seul peut me sauver.

Je ferme les yeux, je prie tous les Saints du paradis pour que l'on m'ouvre. J'attends désespérément. Enfin, un bruit de serrure ; une silhouette qui apparaît sur le seuil, une voix grave :

— Adeline, ma chère, comme vous m'avez l'air bien agitée, entrez donc, je vous en prie, et dites-moi ce qui vous amène ici en plein après-midi.

— Mon Père, si vous saviez !

*Vendredi 17 avril*
*17 heures 30 minutes*

Assise dans l'un des deux énormes fauteuils club en cuir marron placés face à face au centre de l'imposante bibliothèque, je reprends mon souffle après avoir tant parlé. Sur ma droite, je fixe, sans vraiment les voir, les centaines de livres anciens qui garnissent les étagères attachées le long du seul mur de la pièce ne possédant ni portes, ni fenêtres. L'atmosphère est apaisante. Tout comme son occupant, d'ailleurs.

Vêtu de son éternelle soutane à col romain, l'abbé Lagae m'a entendue en confession pendant plus d'une heure. Je lui ai tout exposé. Tout ! Au risque d'être excommuniée. Oh ! comme tout aurait été si simple si j'avais pu pardonner Pascal.

— De quoi voulez-vous donc que je vous absolve si vous n'avez commis aucune faute ? me demande-t-il soudain.

Je crois ne pas avoir saisi le sens exact de sa question. Ce jeune prêtre, d'une trentaine d'années, est tellement bizarre, tellement hors normes, parfois.

Arrivé dans notre paroisse il y a deux ans, après la mort inopinée de son prédécesseur, l'abbé Mornay — celui-là même à l'origine, par ses recommandations désastreuses, de notre déchirement familial — il a de suite suscité la polémique dans la communauté. Lors de son sermon inaugural, il a déclaré que nous, fidèles de l'église traditionnelle, ne pouvions avoir la certitude d'être les dépositaires de la bonne manière de faire face à l'église actuelle gangrenée par le modernisme. Si, par cette remise en question inattendue, il avait choqué, ce jour-là, la plupart des fidèles, il m'avait, au contraire, conquise. Très vite, je m'en étais approchée. Très vite, nous avions sympathisé. Un soir, après avoir assisté aux vêpres, j'avais même osé lui demander la raison pour laquelle il avait opté pour notre église. « Mon cœur tendait vers cette liturgie, m'avait-il répondu, mais mes motivations étaient-elles positives, je ne le sais toujours pas. » Sa réponse sibylline m'avait interloquée.

— Mais mon Père, je me suis révoltée, je n'ai su pardonner, j'ai voulu me venger et j'ai, finalement, cédé à un autre. N'ai-je point alors commis les péchés de colère, d'envie et de luxure ? je lui réponds.

— Le seul péché que vous pourriez commettre est celui de l'orgueil si vous remettez en doute mon point de vue qui est celui de Dieu, je vous le rappelle.

Déconcertée par sa réaction, je ne sais que lui répondre et baisse humblement la tête.

— Il nous faut d'urgence envisager votre avenir, chère Adeline, me dit-il.

Je me sens de plus en plus perdue et lui demande :

— Dois-je rentrer à la maison et tout avouer à Pascal ?

— Non, je crois qu'il serait préférable, comme vous l'aviez envisagé, de disparaître quelque temps. Mais ce départ ne doit pas être assimilé à une fuite ou à un désir de vengeance. Vous devez vous retrouver face à vous-même pour réussir, peu à peu, une reconstruction intérieure après ces événements tragiques qui, tel un séisme, viennent de vous secouer violemment et d'ébranler toutes vos certitudes de femme.

— Vous êtes certain, mon Père ? lui dis-je, complètement désorientée.

— Dans la vie, nul n'est sûr de rien, me répond-il en posant ses mains sur les miennes. Voilà ce que je vous propose : nous partons immédiatement et je vous dépose, dans moins de deux heures, au couvent des sœurs consolatrices du Sacré-

Cœur où il vous sera loisible de vous rétablir, à votre rythme, tant physiquement que psychiquement, de vos blessures.

Cette proposition est tellement inattendue et mon esprit tellement embrumé que je ne songe, à ce moment, qu'à lui opposer des arguments pratiques :

— Mais, mon Père, je n'ai rien emporté. Que vais-je pouvoir me mettre ? Et mes médicaments ?

De son regard noir et tranchant, il me fixe quelques secondes intensément, le temps que je puisse prendre conscience de la platitude de ma réponse, puis il me sourit gentiment et il me dit :

— Les vêtements de nos sœurs vous iront très bien, j'en suis certain, et croyez-vous qu'elles n'ont pas de médecin pour s'occuper d'elles ? Je vous assure, très chère Adeline, que si vous acceptez de lâcher prise quelques semaines dans la foi et le recueillement, vous vous en trouverez réconfortée.

— Je...

— L'évidence du futur chemin à suivre vous sautera ensuite aux yeux, Adeline.

— Vous êtes mon sauveur, mon Père, lui dis-je alors avec gravité.

— Ne me faites pas rire, Adeline, il n'est qu'un seul Sauveur et je ne suis que son modeste représentant sur terre, me répond-il, amusé.

*Dimanche 3 mai*
*11 heures 5 minutes*

L'abbé Lagae avait raison. Cette parenthèse m'a permis de me reconstituer. Dans quelques jours, je pense être prête à réintégrer sereinement la société et à affronter sans crainte les loups qui la peuplent. Je regrette d'avoir imposé cette épreuve douloureuse à mes proches mais je crois qu'il était essentiel que nul ne sache où j'étais pour que je puisse rester à l'écart du monde. Qui sait si cette séparation ne pourra pas renforcer, à l'avenir, les liens familiaux qui nous unissent.

La vie au couvent est monotone mais enrichissante. J'y ai appris à vivre en harmonie avec moi-même et avec la communauté. Depuis mon arrivée, j'ai assisté à tous les offices de la journée et participé aux diverses tâches ménagères qui rythment le quotidien.

— Mon Dieu, c'est affreux. Tellement affreux.

Sœur Marie Josèphe vient de pénétrer en trombe dans la cuisine où quatre sœurs et moi terminons de préparer le déjeuner.

— C'est affreux. Trop affreux.

— Mais parlez donc, l'interrompt sœur Cécile. Pourquoi êtes-vous ébranlée à ce point ?

— Une attaque. Une attaque terroriste à la chapelle de la Sainte Famille, nous dit-elle, entre deux sanglots. On en parle à la radio. Il y aurait des morts !

Pendant quelques secondes, nous restons toutes immobiles, pétrifiées sur place, puis, les paroles de sœur Marie Josèphe enfin digérées, un vent de panique commence à nous secouer. Sœur Cécile, la première, retrouve un peu de lucidité en s'écriant « La télévision ». Aussitôt, nous nous précipitons toutes les six vers la salle de divertissement pour suivre à l'écran l'évolution du drame occupé de se jouer.

Mes premières pensées vont vers l'abbé Lagae. « Non, pas lui », me dis-je. Puis, très vite, je songe à Pascal. N'aurait-il pas décidé, en dépit de mon absence, de participer à cette messe dominicale ? De les imaginer là, tous deux, à la merci des balles, mon cœur s'emballe dans ma poitrine et ma respiration s'accélère. Je suis au bord du malaise.

Tandis que sœur Cécile allume le téléviseur et le branche sur une chaîne d'information en continu, nous nous agglutinons, tremblantes, autour de l'écran.

Un journaliste est déjà sur place en duplex avec les présentateurs en studio. Des sirènes de police et d'ambulance couvrent partiellement sa voix. D'après lui, un homme d'une trentaine d'années, dont l'origine n'a pu encore être déterminée à l'heure actuelle, se serait introduit dans l'église aux alentours de neuf heures trente lors de l'ouverture de celle-ci par le curé de la paroisse. L'individu aurait suivi discrètement le malheureux prêtre à l'intérieur et il l'aurait, aussitôt, égorgé. Il se serait ensuite enfermé à clé et caché dans un confessionnal où il aurait attendu l'ouverture de la porte par le sacristain, un peu après dix heures, l'heure habituelle du début de la messe. Dès les premiers fidèles entrés, il aurait surgi parmi eux et, tout en répétant à plusieurs reprises « Allahu akbar », il aurait fait usage de l'arme en sa possession et blessé et tué de nombreuses personnes sur place. L'individu se serait ensuite enfui à pied en direction de la mairie mais, aux dernières nouvelles, il aurait à présent été intercepté et abattu par une patrouille de police.

Je n'entends plus la suite.

Mon portable, faut que je récupère mon portable pour appeler Pascal !

Des mains, une multitude de mains à serrer.

Je suis effondrée, engloutie par la peine.

Pascal, les épaules basses, ratatiné à mes côtés, a le regard vide.

Louise, déchirée par le chagrin, ne peut empêcher le flux brûlant ininterrompu de larmes qui lui inondent le visage.

Olivier, dévasté lui aussi, soutient ma fille comme il peut.

Un peu en retrait, Amélie, totalement absente, est perdue dans des pensées sinistres.

Terrassé par la douleur, Bertrand gémit et hoquette à n'en plus finir.

Proches les uns des autres, nous sommes unis dans l'affliction car nous pleurons tous aujourd'hui un fils, un frère, un beau-frère, un mari, fauché comme vingt-huit autres personnes, par l'une des balles tirées par un fou, au nom de Dieu.

Des mains, encore et toujours des mains à serrer.

Puis, enfin, la cérémonie qui s'achève.

D'un battement d'ailes, un papillon s'envole.

*Deuxième partie*

# Survie

# 1. Louise

*Abîme*

— Si tu ne sais plus affronter le monde sans le fantôme de ton frère à tes côtés, faut te faire soigner d'urgence, me crie Olivier.

Abasourdie par ces paroles d'une extrême violence, j'arrête aussitôt de gémir.

— Tu ne peux imaginer à quel point il me manque, je lui lance, le regard suppliant.

— Mais, merde Louise, je peux comprendre ta peine, me répond-il, mais il serait peut-être temps d'essayer de tourner la page. Paul est mort, il y a trois mois maintenant, et quoi que tu puisses espérer, quoi que tu fasses, il ne reviendra pas. Il faut t'en faire une raison, amour. N'empoisonne pas notre couple avec un macchabée.

— Un macchabée ! Non mais je rêve. Tu te rends compte que tu parles de mon frère, là, Olivier ? Un peu de respect, je t'en prie, lui dis-je, révoltée.

— Désolé, désolé, cela m'a échappé. Le terme est inapproprié, bien sûr. Mais comprends-moi Louise, penses-tu que c'est agréable pour moi de te voir prostrée dans cette chambre à ressasser des idées noires à longueur de journée ? Lève les yeux, regarde la mer, admire le paysage. Et si nous profitions enfin vraiment de ces quelques jours de vacances ? Et si nous allions nous balader le long de la côte, main dans la main, les cheveux dans le vent, en amoureux ? Et si on tentait de se retrouver, tout simplement ?

Il a raison. Bien sûr qu'il a raison, mais comment récupérer mon énergie ? Comment recouvrer la force d'âme nécessaire pour affronter la vie sans lui ?

Il y a trois mois, jour pour jour, la vie me souriait. J'étais heureuse et je m'apprêtais à passer huit jours de rêve à Djerba. Aujourd'hui, je suis affalée, l'esprit vide, le corps lourd, allongée dans le sofa de cette maisonnette que nous avons louée pour une semaine en baie de Somme, à regarder les flots s'en venir, au gré des marées, se fracasser sur les roches situées en contrebas du jardin.

— Pardonne-moi, je n'y arrive pas, lui dis-je, le visage ravagé de larmes.

Il me fixe, hausse les épaules, découragé, puis vient s'asseoir à mes côtés. Il me prend la main, la caresse tendrement et nous restons ainsi de longues minutes, immobiles et silencieux, à observer distraitement toute une flopée de mouettes s'égosillant au-dessus des flots, à la recherche de l'une ou l'autre becquée de crustacés.

— Je ne veux pas te perdre, me dit-il soudainement, brisant le silence qui nous enveloppait.

Que puis-je lui répondre ?

Depuis la mort de Paul, j'ai sombré dans un abîme sans fond duquel il est impossible de remonter. Ma peine est incommensurable. Je me noie dans un océan de désolation qui emporte tout, y compris, peut-être, notre merveilleux amour que je croyais indestructible.

Je soupire et tente, au risque d'être maladroite et incomprise, de lui expliquer :

— Je t'aime de tout mon cœur, Olivier, mais il faut que tu sois patient avec moi. Peux-tu comprendre, Oli, à quel point ma relation avec Paul a pu être fusionnelle ? Dès notre conception, nous avons cohabité tous deux, pendant neuf mois, dans le ventre de maman. Oh ! tu peux ricaner, si tu le souhaites, mais je t'assure qu'un tel séjour intra-utérin rapproche les êtres éternellement. Ensuite, nous avons vécu coude à coude pendant près de vingt-deux ans. Vingt-deux années pendant lesquelles, par la cause principalement d'une éducation stricte et rigide et d'un père autoritaire, tout fut loin d'être toujours facile, crois-moi. Mais jamais, Paul et moi, nous ne nous sommes désunis. Nous avons ri ensemble et nous avons pleuré ensemble ; nous sommes partis en guerre ensemble et nous avons conclu la paix ensemble. Nous étions, comme l'avait déclaré un jour tante Amélie, un frère et une sœur unis comme les doigts de la main. Alors, je te le demande, comment voudrais-tu que, d'un claquement de ces doigts, je l'oublie ?

Il soupire à son tour et, le regard triste, me déclare, gravement :

— Ton frère vivant, j'avais réussi à conquérir ton cœur mais, ton frère mort, je risque de le perdre. On ne peut lutter avec des spectres.

— Idiot, lui dis-je, lasse et désemparée, embrasse-moi donc !

Mais tandis qu'il me tend les lèvres, je ne peux m'empêcher d'approuver secrètement ses paroles.

## Déchirement

— J'espère que vous nous accompagnerez à la messe de minuit, les enfants.

À peine avons-nous eu le temps de goûter les premiers zakouski qu'elle commence déjà, comme chaque année, à nous bassiner avec la célébration de la naissance de son cher Jésus.

Ce n'était pas une bonne idée d'accepter de passer le réveillon en compagnie de mes parents ; j'en étais sûre ! Quand maman nous a appelés l'autre soir, j'ai tout de suite mis Olivier en garde, je l'ai prévenu que cette fête de famille ne pourrait que mal se terminer. Je lui ai dit et répété qu'il n'était pas question que je participe à cette mascarade. Mais, de fil en aiguille, avec sa force de persuasion naturelle, il a réussi à me convaincre qu'on ne pouvait pas refuser cette invitation, qu'on ne pouvait décemment pas laisser papa et maman en tête-à-tête pour cette première veillée de Noël depuis le drame.

— Arrête, maman, tu sais bien qu'Olivier ne croit ni en Dieu, ni au diable et que, pour ma part, j'ai décidé, après l'endoctrinement forcé que vous nous avez imposé à Paul et moi, de fuir comme la peste tout ce qui ressemble à une soutane.

— Tu reprendras bien une petite coupe de champagne, Olivier ?

Changement de sujet de conversation, évidemment ! Attitude typique de maman afin d'éviter les affrontements. Elle y reviendra plus tard, à sa messe, mais plus sournoisement sans doute. Elle tient trop à l'image de la belle famille, unie dans la foi, malgré les épreuves douloureuses traversées. J'imagine même que, pour arriver à ses fins, elle essaiera d'amadouer Olivier.

— Et votre travail aux urgences, Olivier ?

Tiens, c'est nouveau cela, voilà papa qui daigne s'intéresser au travail d'Olivier. Quelle hypocrisie. Dieu, que cette soirée démarre mal. Faites qu'elle se termine au plus tôt. Je n'ai nulle envie de participer à cette gigantesque tartuferie.

Je suis bien, tu es bien, nous sommes bien. Nous avons perdu, il y a un peu plus de six mois, notre fils, notre frère, mais nous sommes merveilleusement bien !

N'abordons pas le sujet. Ruminons chacun dans notre bulle mais, surtout, restons impassibles. Cela serait tellement inconvenant de partager notre peine, de tenter de nous réconforter les uns, les autres.

Ne pas afficher ses faiblesses. Jamais. Même dans l'intimité du cocon familial.

« Paul, mon petit Paul, serre-moi dans tes bras comme quand nous étions des enfants apeurés sous la couette. Paul, mon frère, ma moitié, toi seul pouvais me comprendre, toi seul pouvais me consoler. Ta sensibilité me manque ; tout ton être me manque. »

Ce soir, il me faut de l'alcool pour oublier ; ce soir, je vais me saouler.

— La magie de la messe de minuit est unique, mon petit Olivier. Vous devriez vous laisser tenter.

Le dernier morceau de dinde à peine avalé, maman reprend son offensive tandis que papa, tout sourire, approuve les paroles de son épouse en opinant du chef.

Je les observe, assis tous deux, côte à côte, droits comme des piquets, sur les chaises inconfortables, mais d'une valeur inestimable, de leur salle à manger.

Maman porte une chemise de soie blanche sous un tailleur bleu orné d'une broche. Avec son rouge à lèvres et ses cheveux châtains permanentés, on la croirait sortie d'un film des années soixante. Papa n'est pas en reste : vêtu d'un costume trois pièces à carreaux en tweed gris à chevrons, d'une cravate et d'une pochette assorties, d'une chemise immaculée et de souliers noirs vernis, on pourrait le confondre avec un lord écossais.

Que de non-dits, que de rancœurs, que de compromissions et que d'amertume n'ont-ils été dissimulés durant de longues années sous les fringues de ce couple parfait.

— Pourquoi pas ? Ce sera une première pour moi. Mais je ne vous promets pas de me convertir, belle-maman.

Alors là, je rêve ! Non seulement, Olivier, athée convaincu, vient-il d'accepter d'assister à la messe, mais, en plus, il s'est permis, tout en plaisantant, d'appeler ma mère « belle-maman » ! Dire qu'en réalité, il la supporte à peine. Croit-il vraiment utile de participer à ce jeu de dupes ? Cherche-t-il à m'être agréable ? Espère-t-il resserrer de cette manière les liens qui ne cessent de se distendre entre nous ? Pauvre Olivier, es-tu désorienté à ce point ? Sois patient, un jour, peut-être, mon affliction s'envolera-t-elle. Un jour, peut-être, retrouverai-je la joie de vivre. Un jour, peut-être, te reverrai-je avec les yeux de l'amour. Un jour, peut-être, pourrai-je même accéder à ton désir ardent d'être père.

— Bertrand a rencontré quelqu'un.

Papa a lâché cette phrase incidemment tout en dégustant son omelette norvégienne.

Surpris, Olivier et moi lui lançons simultanément un regard interrogateur.

— J'ai croisé son père, poursuit-il, satisfait de son effet, et celui-ci m'a appris que son fils avait lié connaissance avec un jeune Espagnol, propriétaire, lui aussi, d'une boutique à Ibiza.

J'observe maman qui a l'air soudainement absente et qui ne cesse de tourner et retourner nerveusement sa cuillère dans sa tasse de thé.

— Ce serait bien pour lui de réussir à refaire sa vie, dis-je à papa.

Il hoche la tête en signe d'approbation.

— Tu ne crois pas, maman ? je demande alors.

Comprenant enfin, après quelques secondes d'un silence pesant, que je m'adresse à elle, maman sort de sa léthargie et me répond :

— Bertrand ! Oui, bien sûr que ce serait bien pour lui s'il pouvait refaire sa vie.

Et d'ajouter, sibylline :

— Veuillez m'excuser, je pensais à tout autre chose.

Le départ pour l'église approche. Cette même église devant laquelle mon frère est mort.

Quelque peu désinhibée par le vin absorbé tout au long de la soirée, je me lâche soudainement et je lance, brusquement, à l'adresse de mes géniteurs :

— Et merde, suis-je donc la seule dans cette famille à souffrir de l'absence de Paul ?

Déconcertés par ma soudaine envolée, mon père et ma mère restent figés, ne sachant trop que me répondre.

Cette impassibilité de façade me révolte. Je sens les larmes affluer. Très vite, elles me brouillent la vision. Hors de moi, je leur crie :

— Mais comment pouvez-vous passer toute la soirée sans même prononcer le prénom de Paul une seule fois ? L'avez-vous, d'un claquement de doigts, zappé de votre existence ? Sincèrement, vous m'écœurez. Profondément. Ah ! si vous saviez comme votre indifférence me tue ! Pouvez-vous au moins comprendre cela ?

À cet instant précis, Olivier doit regretter profondément d'avoir insisté pour que nous assistions à ce repas de réveillon. Il observe son verre vide ; il voudrait, à coup sûr, pouvoir disparaître immédiatement et nous laisser régler nos comptes en famille.

Je lève les yeux vers maman. Le choc a été rude. Son teint est livide et je crains qu'elle ne fasse un malaise. Elle semble incapable de s'exprimer encore. À mon grand étonnement, je remarque que papa lui a saisi la main et qu'il la caresse tendrement. Jamais, je ne me serais imaginé qu'il puisse encore être capable d'un tel geste de tendresse envers elle. Ensuite, après s'être raclé la gorge, il me dit, d'une voix brisée :

— Comment peux-tu imaginer un seul instant, Louise, que ta mère et moi ayons pu oublier Paul ? Il n'est pas un jour, pas une heure, pas une minute sans que nous ne pensions à lui. Alors oui, on intériorise ; oui, on fait comme si... Mais c'est notre façon de vivre notre deuil, en silence, à l'écart. Question d'éducation ou de génération, sans doute ? Je ne sais trop. J'ai conscience, Louise, de ne pas toujours avoir été un bon père pour vous et d'avoir commis énormément d'erreurs. Je te prie de m'en excuser mais j'ai toujours agi pour votre bien. C'est ce que, du moins, j'imaginais. Maintenant, Louise, on surnage, on survit et on prie. Beaucoup. Pour le repos de son âme.

— Mais ton Dieu, c'est du pipeau, papa, je lui dis, alors que je suis cependant bouleversée par sa confession.

— Qui sait, ma chérie, me répond-il. Qui sait ?

Le sol se dérobe sous mes pieds.

Ai-je bien entendu ?

Mon père m'a-t-il, pour la première fois de sa vie, appelée sa chérie ?

## Épreuve

— Vous pouvez vous rhabiller. L'infirmier va vous raccompagner dans la salle d'attente. Allongez-vous-y sur un des sofas pendant une demi-heure avant de rentrer chez vous. Cela vous évitera un puissant mal de tête. Les résultats seront transmis à votre médecin traitant.

Sans un mot de plus, il franchit la porte qui mène à la salle contiguë et disparaît. L'examen du patient suivant va pouvoir débuter. Pas une minute à perdre. Rentabilité oblige. Débrouillez-vous avec vos questions et vos angoisses.

Tout est allé très vite. Samedi matin, alors que je m'épongeais après avoir pris mon bain, j'ai senti au niveau de mon cou une grosseur suspecte. Inquiète, je me suis aussitôt tâté l'entièreté du corps à la recherche d'autres gonflements anormaux. Et là, l'horreur. Tant au niveau de la mâchoire, que de l'aisselle et de l'aine, j'ai découvert d'étranges boules dures sous ma peau.

Tremblante, prise d'une crise soudaine d'angoisse, j'ai appelé Olivier à la rescousse et, après m'avoir examinée, celui-ci m'a parlé de ganglions tuméfiés.

— Ne t'inquiète pas inutilement, m'a-t-il dit, mais je préférerais tout de même que tu passes chez le toubib.

Deux heures plus tard, le docteur Delannoy me recevait dans son cabinet.

Très amical, comme toujours, le vieil ami de papa, qui me suit depuis ma plus tendre enfance, m'a d'abord demandé des nouvelles de la famille et il fut très étonné d'apprendre que le décès de Paul remontait à trois ans déjà. Ensuite, après que je lui ai exposé le motif de ma consultation, il m'a examinée en silence.

J'ai compris, très vite, à l'issue de l'examen, au ton doctoral qu'il a employé pour me parler alors, que quelque chose clochait. Il m'a bombardée de termes médicaux, tous plus incompréhensibles les uns que les autres, et la seule chose qu'il m'ait dite et dont je me sois réellement souvenue en sortant de son cabinet, a été qu'il m'avait pris rendez-vous à l'hosto lundi matin, à onze heures, pour une biopsie de contrôle.

Dès mon retour à la maison, je me suis jetée sur mon ordinateur et, telle une authentique hypocondriaque, j'ai consulté pendant des heures tous les sites médicaux qui pullulent sur le Web. Chercher encore et encore l'origine de mon mal sur Internet m'a permis, pendant tout ce temps, de m'occuper l'esprit et m'a empêchée de paniquer. Cependant, Olivier étant de garde aux urgences de samedi midi à lundi midi, je me suis retrouvée seule face à mes angoisses quand, alors qu'il était près de vingt-deux heures, j'ai claqué le couvercle de mon portable. En effet, après avoir digéré toutes les informations relatives aux pathologies ganglionnaires, mon diagnostic était on ne peut plus clair : j'étais atteinte d'une forme sévère de la maladie de Hodgkin et condamnée à plus ou moins brève échéance. Mon monde s'est alors écroulé. En quelques heures, je venais de passer, c'était sûr, de l'univers des bien portants à celui des malades incurables.

Un profond sentiment d'injustice m'a saisie. Pourquoi moi ? me suis-je demandé. Pourquoi dois-je, à vingt-huit ans, à peine, être frappée par la maladie ? Tout est décidément question de chance ou pas dans la vie. Après Paul, c'était mon tour de payer la note. Notre famille était damnée.

À la révolte a succédé le découragement. Un désespoir immense s'est immiscé en moi. Prise de tremblements et de crampes abdominales atroces, je me suis jetée sur le lit, recroquevillée en position de fœtus et j'ai laissé mon corps se vider de toutes ses larmes. Puis, après un temps indéfini, j'ai sombré dans un sommeil lourd peuplé de tourments.

La sonnerie de mon téléphone m'a permis de fuir le dernier cauchemar atroce dans lequel j'étais plongée. C'était Olivier qui voulait prendre de mes nouvelles. Tout en lui répondant, j'ai jeté furtivement un coup d'œil à l'heure : il était près de midi. Plus que vingt-trois heures avant l'examen.

Par bonheur, tant mon corps que mon esprit avaient, à présent, digéré quelque peu l'horrible annonce et l'angoisse avait fait place à une sorte de résilience.

Après avoir pris un bain bouillant, j'ai mangé quelques fruits, bu une tasse de thé et je me suis allongée dans le divan face au jardin. Et là, tout en observant la pluie s'abattre sur la pelouse et le vent secouer fortement les sapins, je me suis mise à réfléchir.


Réfléchir à ma vie, ma morne vie.

Depuis la mort de Paul, j'avais sombré dans une profonde mélancolie dont je ne suis jamais parvenue, malgré les années, à sortir. J'ai pourtant tout essayé : yoga, acupuncture, méditation orientale, sophrologie, que sais-je encore ? Pendant six mois, j'ai même consulté un psy. En vain. En fait, je crois qu'il n'y a que vers Dieu que je ne me suis pas dirigée.

Résultat : tout, absolument tout, va à vau-l'eau.

Au niveau familial, après une courte embellie, la relation avec mes parents s'est à nouveau dégradée. À dire vrai, pour que nous ne nous répandions plus en continuelles récriminations, j'évite maintenant soigneusement de les rencontrer et je me contente, de temps à autre, d'appeler maman.

Professionnellement, la situation n'est guère plus enviable. J'enseigne le français à mi-temps dans le collège local et, si ma relation avec mes élèves est raisonnable, celle avec leurs parents est, trop souvent, détestable. Je ne peux supporter leurs reproches, leurs doléances perpétuelles. Pourquoi les parents actuels ont-ils la fâcheuse tendance à oublier que ce sont eux les responsables de l'éducation de leurs enfants et non les professeurs ?

Parlons-en des enfants. Je ne cesse d'affronter Olivier sur ce sujet. Comment peut-il souhaiter ardemment que nous ayons un petit ? Pour ma part, je trouve irresponsable de donner naissance à un gamin dans le monde d'aujourd'hui. Qu'avons-nous à lui offrir si ce n'est un univers à bout de souffle ? Que la race humaine s'éteigne et la planète ne pourra que s'en porter mieux.

Pauvre Olivier qui supporte stoïquement la femme morose et dépressive que je suis devenue depuis trop longtemps déjà.

L'amour a ses limites. Il mérite sa liberté.

« Paul, mon petit Paul, je suis seule, seule au monde.

Paul, mon petit Paul, je vais te rejoindre, je m'y prépare. »

Les cinq corneilles qui se sont posées en criaillant sur ma pelouse m'ont sortie de ma rêverie. J'ai décidé alors, pour tuer le temps, de me repasser la troisième saison de la série *The Sinner*. Puis, après avoir visionné le huitième épisode, comme il n'était toujours que vingt heures, je suis passée à la saison deux. Enfin, je me suis rendormie.

Je me suis présentée à l'hôpital vers dix heures. À mon grand étonnement, ma nuit avait été paisible. Après m'être inscrite à la réception, j'ai été dirigée vers une salle dans laquelle prônaient six fauteuils. Une personne âgée, le teint livide, le regard absent, occupait l'un de ceux-ci. Au bras gauche du vieil homme, une aiguille intraveineuse avait été placée. Elle était reliée à une poche en plastique, remplie de liquide, par un tube en plastique flexible. Le liquide s'écoulait goutte à goutte dans le corps du malheureux. Quelques minutes après mon arrivée, un infirmier est entré et il est allé se placer près de l'homme et, d'un ton qui se voulait réconfortant, il a commencé à lui parler. À les entendre discuter entre eux, j'ai été frappée d'un profond découragement mais ce découragement n'était rien par rapport à l'abattement qui m'a gagnée quand l'infirmier s'est adressé à moi d'un « Et vous ? ». Consternée, j'ai baissé les yeux sans lui répondre.

Le médecin qui m'a reçue était accompagné d'un jeune interne. Après les questions d'usage, il m'a demandé de me placer face au mur, les bras au-dessus de la tête, puis il m'a sommée de ne plus bouger. Cela va faire un peu mal, m'a-t-il dit, avant que son jeune assistant ne tente de me planter une énorme seringue dans la colonne vertébrale. Après deux essais infructueux, le jeune médecin est enfin parvenu à ses fins. Biopsie ostéo-médullaire : jamais, je n'oublierai le nom ; biopsie ostéo-médullaire : jamais je n'oublierai la douleur.

Lundi soir, près de vingt heures, je ne cesse de faire les cent pas tout autour du jardin. Olivier, sur le seuil de la porte, est tout aussi nerveux que moi. Soudain, alors que je commence à désespérer, le coup de fil. Enfin !
Je décroche. Mon cœur s'emballe.
— Oui, bonsoir Docteur Delannoy... Comment ? Pas d'anomalie au niveau de la moelle osseuse... Oui, c'est une bonne nouvelle, en effet... Pas de biopsie ganglionnaire, ouf... Il s'agit probablement d'une simple infection... Deux semaines

d'antibiotiques devraient suffire... Oui, oui, je passe chez vous demain pour l'ordonnance. Merci Docteur, merci beaucoup.

Je raccroche, me laisse glisser doucement le long du mur jusqu'au sol. Je suis submergée par l'émotion. Olivier me rejoint. Il s'assied à mes côtés. Sans que je lui dise un mot, il a compris. Il me crie plusieurs fois qu'il me l'avait dit. Il se met à rire, à pleurer ; il est heureux. À mon tour, je me mets à rire, à pleurer ; je suis heureuse. « Vivre, je vais vivre ! »

Quelques heures plus tard, juste avant de m'endormir, alors que la tension est maintenant retombée, je me jure que cet avertissement ne restera pas sans suite. Plus encore que lors du décès de Paul, j'ai pris conscience aujourd'hui que nous sommes tous en sursis, que l'existence de chacun, quel que soit son âge, peut s'arrêter à tout moment. Non, décidément, il n'y a pas de temps à perdre. Alors, c'est décidé, je vais tout plaquer et changer de vie !

## Décision

— Et ta mère, elle pourrait t'aider, non ?

— Ma mère ? Tu sais bien que je ne la vois pratiquement plus. On se téléphone de temps à autre, c'est tout.

— Louise, tu ne peux pas laisser passer un truc pareil. C'est un signe du destin, je t'assure. Avec tout le fric qu'Adeline a hérité de nos parents, elle peut bien t'avancer une grosse partie de la somme, crois-moi. Et les banques te prêteront facilement le reste.

— Tout le fric, tout le fric ; tu me fais rire. T'en as plus, toi, du fric ? Pourtant, t'avais hérité de la même somme.

— Arrête Louise, tu sais que mon ex a tout dilapidé. Mais que veux-tu ? J'en étais dingue à l'époque. L'amour avec un grand A, ce n'est pas rien, je t'assure. Merde, je n'aurais jamais dû m'attifer de ce type, ton père me l'avait d'ailleurs assez répété à l'époque. Ah ! c'est sûr qu'en y repensant, il m'aura coûté cher le coup de queue, ce flambeur.

— Arrête, tante Amélie, tu vas me faire rougir, lui dis-je sur le ton de la plaisanterie.

— Premièrement, à ton âge, on ne rougit plus. Et deuxièmement, arrête de m'appeler tante, cela me tue. Bon, je te laisse réfléchir tranquillement à tout cela. Je vais me coucher. À demain, petite nièce adorée.

— Bonne nuit, tantine.

Cette femme est unique.

Incroyable comme maman et elle peuvent être opposées. Pas de doute, elles sont comme l'eau et le feu.

J'ai débarqué chez elle à l'improviste il y a deux mois, juste après la fin de l'année scolaire. Cet après-midi-là, j'avais remis ma démission au directeur du collège. Quand j'avais annoncé la nouvelle à Olivier, sans chercher à comprendre, il s'était emporté :

— Tu te rends compte, m'avait-il dit, tu lâches un poste de titulaire de l'Éducation Nationale. Ouais, si encore c'était pour pouponner notre enfant, je l'aurais compris et je serais même le plus heureux des hommes. Mais non, madame n'est pas prête à enfanter. Madame trouve ce monde trop infect pour daigner procréer. Par contre, elle est prête à glander devant ses séries télé favorites à longueur de journée pendant que je me tue au boulot. Pff, ma parole, ton état ne s'améliore pas, ma pauvre. Tu dois, une nouvelle fois, avoir pété un câble.

Cette longue tirade sonna le glas de notre relation et m'évita de devoir lui annoncer, quelques jours plus tard, mon intention de le quitter. Je me suis levée et je suis partie immédiatement, sans un mot et sans rien emporter. Comme maman !

Au taximan qui attendait que je lui communique l'adresse de ma destination, j'avais donné, presque sans réfléchir, l'adresse de tante Amélie.

Elle m'avait accueillie les bras ouverts, m'avait écoutée, ne m'avait pas jugée et m'avait dit simplement :

— Tu restes ici tout le temps que tu souhaites.

Je l'adore. C'est une vraie mère pour moi. Elle s'est chargée d'aller récupérer mes affaires chez Olivier, a joué le rôle de pare-chocs quand il a tenté de me rejoindre, a tancé vertement maman lorsque celle-ci a voulu me raisonner et me faire la leçon, et, extra non négligeable, elle m'a mijoté, ce dont je la croyais incapable, des tas de petits plats. Mais, par-dessus tout cela, elle m'a surtout convaincue d'aller au bout de mes projets, de ne pas abandonner, de trouver mon chemin dans ce foutu monde bordélique.

Elle a parfaitement raison, je ne peux pas laisser passer un truc pareil. Cette auberge m'attend. Il me la faut !

## Réjouissance

C'est signé ! Me voilà propriétaire d'une auberge située en Espagne, dans le village de Villares de Órbigo, situé dans la province de León. J'ai peine à le croire.

Dès que j'avais pris connaissance de l'annonce, repérée incidemment sur Internet, il y a environ quatre mois, j'avais senti que c'était exactement ce que j'attendais pour prendre mon nouveau départ.

Le soir même, j'en avais parlé à Amélie et le lendemain matin, avant même que je sois levée, elle s'était chargée de contacter mes parents et de leur expliquer mon projet. Je ne sais toujours pas comment elle s'y est prise pour les persuader d'accepter, mais, peu importe, le résultat est là : ils avaient trouvé aussitôt l'idée formidable et avaient décidé de me financer à hauteur de quatre-vingts pour cent. Il ne me restait donc qu'à espérer que le bien soit toujours en vente. Par bonheur, il l'était.

Ce soir, nous fêtons mon acquisition dans le meilleur restaurant italien de la ville. Afin de les remercier pour leur appui, je leur devais bien ce petit extra. Comme lors de notre dernier réveillon passé ensemble, papa est sapé comme un aristocrate britannique et a revêtu un costume beige en velours côtelé. Maman, quant à elle, a opté, une nouvelle fois, pour un des nombreux tailleurs bleu marine, style des années soixante, qui garnissent sa garde-robe. Tante Amélie est saisissante : elle porte, comme j'aurais dû m'y attendre, une robe courte, de couleur rouge grenat, au décolleté plongeant. Pour ma part, j'ai choisi un pantalon et une veste en jean ainsi qu'un t-shirt blanc. En temps normal, cette harmonie imparfaite des styles et des couleurs m'aurait horrifiée mais, en ce jour particulier, elle m'amuse.

Les relations humaines sont décidément étonnantes, me dis-je, tandis que nous sommes occupés à rire et à plaisanter tous les quatre et que des étoiles de bonheur scintillent dans nos yeux. Oubliés rancœurs et ressentiments, l'espace d'un moment nous reformons une famille unie et solidaire. Ah ! comme je voudrais pouvoir vivre et revivre ce moment magique éternellement. Papa, maman, je vous aime.

« Paul, mon petit Paul, pourquoi ne peux-tu partager ces minutes d'allégresse avec nous ? »

## Renaissance

Tout avait pourtant débuté magnifiquement. Pourquoi a-t-il fallu que je m'entiche ensuite de Javier et que tout se déglingue alors irrémédiablement ?

Mieke, l'ancienne propriétaire, une Belge d'origine flamande qui avait débarqué ici, un peu comme moi, mais vingt ans plus tôt, m'avait pourtant prévenue quand il était venu me rendre visite pour me souhaiter la bienvenue peu après mon arrivée.

« Ce type, m'avait-elle dit, apprends à t'en méfier. Sous son sourire enjôleur est enfouie beaucoup de noirceur. »

Sur le moment, j'avais trouvé ces paroles, à l'encontre du patron du seul bar du village, particulièrement inquiétantes mais, très vite, prise dans le tourbillon de ma nouvelle fonction, je les avais oubliées.

Quand j'avais posé mes valises ici, au mois de mars de l'année dernière, la femme m'avait accueillie gaiement :

— ¿Hablas español? m'avait-elle demandé.

— Sí. Cinq années d'université derrière moi, lui avais-je répondu.

— Do you speak English? avait-elle continué.

— Of course, lui avais-je répliqué.

— Alors, cela devrait fonctionner, avait-elle conclu. ¡Bienvenida!

À peine une heure plus tard, après avoir constaté que nous étions décidément sur la même longueur d'onde, Mieke m'avait proposé gracieusement de rester quelques mois en ma compagnie pour me guider efficacement dans la tenue de l'auberge.

Toujours alerte malgré son embonpoint et ses soixante-huit ans, la femme m'avait rapidement éclairée sur les difficultés du métier et elle me fut ensuite d'une précieuse aide lors des premières semaines après l'ouverture. Diable, tenir une auberge sur la route du Camino et y accueillir chaque jour les pèlerins en route vers Saint-Jacques-de-Compostelle n'est pas une mince affaire. Sans la présence providentielle et le soutien sans faille de cette nouvelle amie, jamais, je crois, je n'aurais pu m'adapter à ce nouvel environnement, à cette nouvelle vie dans ce village de moins de sept cents habitants.

En fin de saison, à la mi-octobre, quand elle décida qu'il était temps pour elle de rejoindre définitivement son plat pays, nous étions devenues inséparables et, de la voir s'éloigner ainsi de moi, mon cœur se brisa.

Durant les mois d'hiver qui suivirent, non seulement privée de la présence de ma compagne, mais aussi des contacts, certes courts, mais souvent intenses, connus tout au long de la saison avec les pèlerins, j'ai décidé, pour me vider la tête, de repeindre les boiseries de l'auberge. Javier, dont la fréquentation du bar approchait du néant, a proposé de m'aider. Ne décelant aucune ruse dans son attitude, j'ai accepté sa proposition sans arrière-pensée.

Quelques semaines plus tard, aux alentours de la nouvelle année, le quadragénaire bedonnant au crâne dégarni et au physique ingrat, mais au charme ravageur et au magnétisme puissant, couchait chaque soir avec moi.

La chair est faible, et surtout la mienne, en avais-je conclu.

Javier était veuf. Son épouse, Dolores, avait succombé à une crise cardiaque, environ deux ans auparavant, alors qu'elle n'était âgée que de trente-six ans. Selon lui, les secours avaient beaucoup tardé pour arriver de León et Dolores était morte dans ses bras avant qu'ils n'arrivent sur place. À présent, il vivait seul avec sa fille Alejandra, âgée aujourd'hui de près de quatorze ans. À la mort de sa maman, la petite venait de quitter l'école primaire. Au cours de l'internat de six ans qu'elle avait passé dans une école de León, des troubles psychotiques sérieux, dont elle gardait encore quelques séquelles de nos jours, avaient été diagnostiqués chez elle. Après ses classes primaires, terminées dans la douleur, et la mort brutale de sa maman, les médecins avaient conclu, en accord avec les autorités scolaires, qu'il était préférable qu'elle grandisse, au calme, avec son père, et une dérogation d'obligation de fréquentation des cours lui avait été alors accordée.

J'aurais aimé en apprendre plus sur les ébranlements nerveux de la môme mais, à chaque fois que j'avais essayé d'aborder le sujet avec lui, Javier avait éludé mes questions et manifesté une exaspération inhabituelle à mon égard. Je n'avais donc pas insisté. Il faut dire qu'à sa place, j'aurais été dévastée. Mais lui, malgré ces coups cruels du sort, parvenait toujours à rester optimiste. Tout mon contraire, en quelque sorte.

Quand j'ai rouvert l'auberge, début avril, pour le début de la nouvelle saison, tous les lambris avaient été remis à neuf et ma relation avec Javier était toujours au beau fixe.

Comme j'étais seule à présent pour gérer toute l'auberge et qu'Alejandra, devenue entre-temps une véritable amie, passait plus de temps à l'auberge qu'au bar, c'est tout naturellement que j'avais proposé à Javier de l'engager comme assistante. Contrairement à ce que j'espérais, mon offre n'avait pas enthousiasmé Javier. Il avait même été très réticent, et la petite, ravie à l'idée de travailler avec moi, avait dû insister vivement auprès de son père pour que, finalement, il cède, mais à contrecœur. Sans que je puisse comprendre exactement pourquoi.

## Tourmente

À l'aube d'une journée de fin juin qui s'annonçait torride, Alejandra m'a fait faux bond. Sans prévenir, elle ne m'a pas rejointe pour préparer les tables du petit-déjeuner. Sur le moment, son retard m'a d'autant plus chagrinée que, ce jour-là, l'auberge affichait complet.

À dix heures, le dernier pèlerin de la veille parti, comme elle n'était toujours pas arrivée, j'ai tenté de la contacter sur son mobile mais je suis tombée sur sa boîte vocale et, sans laisser de message, j'ai raccroché. J'ai dû me résoudre alors à nettoyer seule les deux dortoirs et les huit chambres privées que compte l'établissement.

Tout en m'astreignant à cette besogne ingrate, j'ai songé à la chance que j'avais eue l'année dernière de pouvoir compter sur Mieke pour m'épauler et au bonheur que j'avais cette année d'avoir Alejandra pour me seconder.

Une mère d'abord, une petite sœur ensuite, ai-je pensé.

Heureuse dans ce village perdu d'Espagne, j'avais trouvé, par le hasard d'une annonce parue sur Internet, le chemin de quiétude qui m'était destiné. Cerise sur le gâteau, j'y avais rencontré, si ce n'est l'amour, du moins le plaisir physique nécessaire à mon équilibre mental. Que du bonheur !

Vers treize heures trente, écrasée de chaleur, je me suis contentée d'un gaspacho pour déjeuner et, après avoir pris une douche, j'ai tenté, en vain, pour la énième fois de contacter Alejandra. Bien qu'il me restât deux bonnes heures avant l'arrivée des premiers logeurs à l'auberge, je ne me suis pas senti le courage, sous ce soleil de plomb, de parcourir les cinq cents mètres me séparant du bar de Javier, à l'autre bout du village. Non, j'ai préféré rejoindre l'obscurité et la fraîcheur de ma chambre afin de pouvoir m'y allonger sur le lit.

Au sortir de ma sieste, allez savoir pourquoi, j'ai ressenti tout de suite une présence étrangère dans la pièce. Sans remuer, j'ai tendu l'oreille et j'ai perçu, très distinctement, le souffle régulier d'une respiration à mes côtés. Prise de panique, un tas d'idées morbides se sont entrechoquées aussitôt dans mon cerveau encore embrumé par le sommeil et mon cœur s'est emballé. J'ai tenté alors, tant bien que mal, tout en restant immobile, de me dominer. Puis, j'ai ouvert les yeux lentement et j'ai attendu que ceux-ci s'adaptent quelque peu à la pénombre. Ensuite, le plus imperceptiblement possible, j'ai tourné la tête dans la direction suspecte.

— Putain, Alejandra, tu m'as fait flipper ma fille, me suis-je exclamée après l'avoir reconnue.

Elle était assise, menue, repliée sur elle-même, dans le vieux fauteuil de cuir aux bras esquintés qui trône près de la penderie. Elle avait le regard éteint, me fixait sans me voir.

— Qu'est-ce qui se passe, ma belle, tu es malade ? lui ai-je demandé, inquiète de ne pas voir son visage s'illuminer.

Comme elle ne réagissait toujours pas, je me suis levée, me suis approchée et me suis agenouillée devant elle. De la main droite, je lui ai caressé les cheveux. Elle a incliné et remué légèrement la tête, tel un chat que l'on câline, mais elle restait néanmoins absente. J'ai remarqué alors les profonds cernes bleus tout autour de ses yeux. Elle ne devait pas avoir beaucoup dormi. Je ne pouvais surtout pas la brusquer. J'ai regardé furtivement ma montre : quinze heures dix, les premiers pèlerins n'allaient pas tarder. J'ai pensé subitement à son père. Serait-il arrivé quelque chose à Javier ?

— Où est papa ? lui ai-je demandé.

Ses prunelles se sont dilatées. La terreur s'y est engouffrée. Elle a commencé à trembler.

— Il a eu un accident ? lui ai-je demandé.

Elle a secoué la tête de gauche à droite, lentement d'abord, puis de plus en plus rapidement, de plus en plus violemment.

La panique m'a saisie.

— Alejandra, je t'en prie, arrête !

Elle m'a agrippée par les épaules, s'est accrochée à moi, s'est mise à gémir.

À ce moment, la sonnette de la réception a retenti. Il fallait que j'y aille.

— Alejandra, ma chérie, écoute-moi, lui ai-je dit, la suppliant presque, allonge-toi sur mon lit et attends-moi bien sagement. Tu as besoin de te reposer. Je reviens te retrouver dès que possible. Tu m'expliqueras tout à l'heure ce qui ne va pas. Sois sans crainte, tu es en sécurité ici.

Toujours agitée tandis que je tentais de la maintenir assise, elle a d'abord semblé vouloir fuir puis, ne sachant sans doute trop où se rendre, elle s'est calmée.

La sonnette a tinté pour la deuxième fois. Il fallait vraiment que j'y aille. Du bout des lèvres, j'ai posé un baiser sur son front et je me suis éclipsée.

## Perplexité

Je n'ai pu rejoindre Alejandra que vers vingt heures, après avoir servi le dîner. Un peu auparavant, j'avais tout de même trouvé le temps de contacter Javier pour le prévenir de la présence de sa fille à mes côtés.

— Je ne sais pas ce qui se passe avec Alejandra, lui avais-je dit au téléphone, mais elle semble terriblement perturbée. Ne t'inquiète pas si elle ne rentre pas ce soir, elle peut dormir chez moi.

Sa réaction avait été froide, sèche et violente :

— N'écoute surtout pas tous les boniments que cette chichiteuse pourrait te raconter, m'avait-il dit. N'oublie pas qu'elle a un grain.

J'en étais restée bouche bée et j'avais raccroché. Si j'avais déjà remarqué chez Javier une tendance certaine à l'irritabilité, jamais encore il ne s'était montré odieux. D'un seul coup, mes sentiments à son égard s'amollirent. « Comment peut-on traiter sa propre fille de manière si avilissante ? avais-je pensé à cet instant. Beaucoup d'eau devra couler sous les ponts avant que je puisse encore avoir envie de sentir ton souffle chaud dans ma nuque. »

Dans la chambre, Alejandra ne s'était pas allongée. Elle était toujours assise dans le fauteuil, comme repliée sur elle-même, prostrée.

Je me suis approchée.

— Alejandra, lui ai-je dit doucement.

Elle a ouvert les yeux, est sortie de sa torpeur et a semblé heureuse de me voir.

— Et si nous descendions prendre notre repas ? lui ai-je demandé d'une voix engageante.

Après qu'un léger sourire a illuminé son visage, elle a acquiescé.

Je lui ai renvoyé son sourire, je lui ai pris la main et, telles une mère et sa fille heureuses de se côtoyer, nous nous sommes dirigées, bras dessus, bras dessous, vers la cuisine.

Elle avait tant de choses à me raconter.

## Abjection

Comment ai-je pu, pendant près de six mois, coucher avec ce pervers infâme sans remarquer quoi que ce soit à son triste manège ? La honte qui me submerge me rend folle.

Après le repas, de retour dans la chambre, elle m'a parlé. Lentement, posément, comme je ne l'en aurais pas cru capable. Il faut que je l'emmène à l'hôpital au plus tôt. Il faut qu'un gynécologue constate les dégâts. Il faut qu'un psy puisse la rencontrer très vite pour tenter de soigner son traumatisme psychologique.

Mais pourquoi ai-je accepté comme une évidence, sans broncher, sans poser la moindre question, cette prétendue histoire de troubles psychologiques ? Mais quelle est l'enfant qui n'aurait pas connu de déboires après avoir dû subir au quotidien de tels sévices ? Mais quelle est l'enfant qui aurait encore pu garder en elle une quelconque joie de vivre après avoir été abusée par son propre père, l'être sur lequel, par définition, elle aurait dû pouvoir compter pour la protéger ?

Comme soulagée par sa confession, la petite s'est endormie dans le lit à mes côtés. Elle est calme, détendue. Je lui ai promis que son cauchemar avait pris fin, que plus jamais elle n'aurait à s'effrayer.

*Tout avait pourtant débuté magnifiquement. Pourquoi a-t-il fallu que je m'entiche ensuite de Javier et que tout se déglingue alors irrémédiablement...*

Les paroles de Mieke me reviennent en tête : « Sous son sourire enjôleur se dissimule beaucoup de noirceur », m'avait-elle dit. Était-elle au courant du calvaire de la gamine ? Ou cela avait-il plutôt un rapport avec la mort de son épouse ?

La nuit est tombée mais la température n'a pas beaucoup baissé. Une période de canicule et de sécheresse s'annonce. J'étouffe.

Ma confusion est grande mais je ne peux tergiverser. Il me faut agir. Agir vite et bien. Il me faut rejoindre la bête. Maintenant. Avant qu'il ne soit trop tard.

## Soulagement

Quand je lui ai enfoncé la lame du couteau profondément dans le gras du bide, il n'a pas réagi immédiatement. Puis, tandis que d'un mouvement sec du bras, je m'efforçais, comme je l'avais visionné dans ma série policière favorite, de remonter l'ustensile à hauteur de son sternum pour lui trancher les entrailles, il a subitement desserré son étreinte, porté ses énormes mains sur son ventre et il m'a fixée d'un air surpris. Ensuite, lentement, ses pupilles se sont dilatées et son regard est devenu vitreux. Enfin, après quelques secondes qui m'ont paru une éternité, il s'est affaissé lourdement de tout son long, et son crâne dégarni s'en est allé claquer le carrelage. À cet instant précis, une sensation de douce euphorie s'est insinuée en moi. Morte ; la bête était morte. Elle l'avait bien mérité.

Adossée au mur de sa chambre, la poitrine découverte et les mains ensanglantées, je récupère de mes émotions et prends le temps d'observer l'ordure, à présent inoffensive.

Son pas lourd ne résonnera plus dans le comptoir de son bar, sa voix rauque n'effraiera plus la petite, ses pattes baladeuses resteront pétrifiées à jamais. Ne reste de lui que cette masse inerte autour de laquelle une immense tache pourpre se forme peu à peu.

Dehors, la nuit est noire et la chaleur toujours aussi étouffante. De ma position, je peux apercevoir, au travers de l'unique fenêtre de la pièce, les étoiles qui scintillent et illuminent ce ciel. Le cauchemar se termine-t-il vraiment ? La vie sinueuse d'Alejandra pourra-t-elle prendre enfin un cours régulier ?

Je ferme les yeux et le visage souriant de mon frère m'apparaît. Je revois ce frangin bien-aimé dont je n'ai jamais pu accepter la mort brutale, il y a déjà plus de cinq ans. Il me réconforte, m'assure que j'ai bien agi, me chuchote qu'il m'aime. J'ai envie de hurler. Pourquoi lui ? Pourquoi a-t-il fallu que ce maudit jour, il soit à la mauvaise place au mauvais moment ? Pourquoi a-t-il fallu que nous soyons séparés à jamais ?

« Paul, mon jumeau, pourquoi ma vie, après ton départ, a-t-elle soudainement volé en éclats ? »

Mais il me faut penser. Penser à l'auberge, penser au cadavre, penser à l'enfant, penser à la vie...

## Doute

Je referme la porte du bar alors que le soleil commence à pointer à l'horizon. Il doit être près de six heures. J'ai passé une bonne partie de la nuit à tenter d'effacer les traces de l'homicide que j'ai commis dans la chambre à l'étage.

Après avoir saucissonné Javier dans le tapis persan qui ornait son living — tapis dont il était si fier — au moyen d'une corde dénichée dans son garage, j'ai d'abord nettoyé le carrelage de briques rouges de la chambre à grandes eaux, de manière telle qu'il n'avait jamais dû l'être auparavant. Puis, je me suis rendue dans sa salle d'eau et j'y ai pris une douche pour me débarrasser du sang de Javier qui m'avait éclaboussée. Ensuite, après m'être soigneusement essuyée, j'ai revêtu un survêtement, bien trop grand pour moi d'ailleurs, trouvé dans sa garde-robe. De toute manière, comme il était impensable de traverser le village avec mes habits souillés, je n'avais guère d'autre choix. Je n'ai, bien sûr, pas oublié non plus de rincer le couteau avec lequel je l'avais étripé et de le remettre ensuite en place dans le tiroir de la cuisine. Enfin, j'ai entassé mes vêtements dans un sac de sport qui traînait sur une chaise, j'ai pris son trousseau et, avant de quitter les lieux, j'ai refermé soigneusement à clé les portes de l'appartement, du bar et de la remise. Évidemment, j'ai conscience qu'avec les moyens dont dispose la police scientifique de nos jours, les traces de mon acte pourraient être facilement détectées mais il me fallait parer au plus pressé et, à première vue, hormis le colis encombrant que je me suis contentée, faute de mieux, de pousser sous le lit, rien ne peut, selon moi, laisser deviner qu'un acte barbare a été réalisé en cet endroit.

Je traverse le village sans rencontrer âme qui vive. Quand j'arrive à l'auberge et que je pénètre enfin dans ma chambre, je suis toujours dans un état second. J'ai l'impression de rêver, d'être mauvaise actrice d'une série policière. Je vais me réveiller, c'est sûr ! Je vais sortir de cet affreux cauchemar.

Alejandra dort encore paisiblement. Elle n'a pas la moindre idée du drame qui s'est déroulé cette nuit. Dans quelques minutes, je vais devoir l'éveiller pour la préparation des petits-déjeuners. Je vais me taire, ne rien lui dire. Attendre le moment opportun.

Vers dix heures, j'essaierai de contacter tante Amélie. Je lui détaillerai toute l'histoire. Elle seule pourra me comprendre. Elle seule pourra m'aider.

Je passe dans la buanderie. Je mêle mes habits ensanglantés au linge sale qui traîne déjà dans le panier et j'engouffre le tout dans la machine à laver. Je la lance sur un programme à soixante degrés. Cela devrait suffire.

Maintenant que la tension est retombée, je prends réellement conscience de la gravité de mon geste, même s'il le fallait ; même si je n'avais pas le choix. J'ai tué. Je suis une meurtrière. J'ai trente ans et je suis une meurtrière. Je commence à trembler. Je panique. Il me faut de l'aide.

Je ne me sens plus capable d'attendre. Je prends mon téléphone portable et je compose le numéro d'Amélie. À la huitième sonnerie, elle décroche enfin. Elle me répond d'une voix pâteuse.

Comme je me l'étais promis, je lui raconte tout. Elle croit à une mauvaise plaisanterie.

— Bon Dieu, Louise, t'es sérieuse là ou quoi ? me demande-t-elle.

Je pleure, je gémis.

— Mais ma chérie, dans quel pétrin es-tu allée te fourrer ? me dit-elle. Bon, écoute, prends deux Lexomil pour tenir le coup et tâche de reprendre le dessus. Tu dois vivre aujourd'hui le plus normalement possible. Ne change surtout rien à tes habitudes. Faut pas que quiconque puisse déceler sur ton visage le moindre signe d'angoisse. Je te rejoins le plus rapidement possible et te rappelle pour te prévenir de mon arrivée. Sois forte, ma chérie. Enfonce-toi dans la tête que tu as rendu un fier service à la société cette nuit. Les pervers de son espèce ne méritent pas de vivre. Sois sans crainte, tu vas t'en sortir.

Je la remercie et je raccroche. Je me sens réconfortée. Je savais que je pouvais compter sur elle. Elle ne me laissera pas tomber. Elle va m'aider. Je vais m'en sortir, elle l'a dit. Alejandra est seule au monde à présent. Elle aura besoin d'une grande sœur pour veiller sur elle. Et cette sœur, ce sera moi. Je ne veux pas qu'elle se retrouve à l'orphelinat alors que je moisirais en prison.

« Paul, qu'est-ce que tu aurais fait si tu avais été à ma place ? J'ai eu raison, non ? »

# Rencontre

— Ne t'inquiète pas, Louise, me dit-il, à peine sorti de la voiture, tout en s'approchant. Amélie m'a tout raconté, je m'occupe de tout.

Déconcertée par les paroles de cet inconnu à l'accent espagnol, je tourne la tête vers ma tante et je l'interroge du regard.

— Louise, je te présente José, me dit-elle, une très vieille connaissance de ta mère et moi. J'ai connu une belle aventure à l'époque avec lui et il partage à nouveau ma vie depuis trois mois. Entre nous, depuis des années, on peut dire que, comme dans la chanson, ça s'en va et ça revient. Mais je te raconterai tout cela quand les circonstances s'y prêteront un peu mieux. Pour le moment, l'important est que mon bel Argentin soit à nos côtés, non ?

Pas certaine d'avoir bien saisi le sens de ses propos, je hoche la tête malgré tout et observe l'homme du coin de l'œil.

Ce qui frappe immédiatement chez lui, ce sont ses yeux d'un bleu envoûtant. Dès que vous croisez son regard perçant, vous êtes scotchée, happée ; mise au tapis pour le compte. Sûr que ce mec d'une quarantaine d'années, au corps parfaitement sculpté, et à la chevelure brillante d'un noir intense, parsemée cependant de quelques filaments blancs, doit avoir de nombreuses conquêtes à son tableau de chasse.

— Louise, tu es encore plus belle que ta maman, me lance-t-il soudain.

Plus je le regarde et plus je pense qu'il est inimaginable que ma propre mère ait un jour désiré ce genre de mec. Et plus je le regarde et plus je pense aussi qu'il est absolument impensable que ma tante, certes encore très attirante physiquement, mais quand même déjà entrée joyeusement dans la cinquantaine, puisse partager sa vie.

— Merci, je lui dis, un peu bêtement.

Serais-je déjà, moi aussi, tombée sous le charme ?

— Venez, je vous montre votre chambre, je leur propose alors. Alejandra est occupée à dresser les tables pour le repas des pèlerins : vingt-huit couverts, ce soir. Nous tournons à plein régime. Nous dînerons après eux, si cela ne vous dérange pas, et j'en profiterai alors pour vous faire visiter les lieux et vous présenter la petite. Quel trésor, mon Dieu, que ferais-je sans elle ?

Je m'avise, tout à coup, que je me comporte avec eux comme s'ils étaient venus me rendre une visite de courtoisie. Il y a moins de quarante-huit heures, j'étais occupée à massacrer un mec qui, avec cette chaleur, doit d'ailleurs commencer à se décomposer dans son tapis persan, et maintenant je cause cuisine et famille. Serais-je devenue subitement inconsciente ? Serais-je en train de perdre toute notion de culpabilité ?

À vrai dire, depuis mon retour à l'auberge, hier matin, mon méfait accompli, je ne suis plus dans mon état normal. Je flotte, je suis dans les vapes. Je me sens complètement abrutie et fonctionne en mode automatique. Pourtant, personne ici ne s'est plaint et ne m'a fait la moindre remarque. J'en conclus qu'extérieurement, je réussis à donner le change.

Alejandra, pour sa part, ne m'a pas posé la moindre question sur son père. Après sa confession, avant qu'elle ne s'endorme, je lui avais promis de tout régler. Eh bien ! elle semble considérer que j'ai tenu parole et que tout est effectivement réglé. Peu importe la manière par laquelle les choses se sont arrangées, pourvu qu'elles se soient arrangées. La nuit dernière, après le service, elle ne m'a pas demandé si elle devait retourner chez elle, si son père l'attendait au bar. Non, elle est montée directement à l'étage, dans l'espace de l'auberge qui m'est réservé — notre espace, pourrais-je déjà dire — et, tandis que je me servais un petit remontant, elle est passée seule dans la salle de bains. Elle en est ressortie, quelques minutes plus tard, vêtue de ma propre robe de nuit ; elle s'est approchée, est venue me donner deux bises bien mouillées sur les joues et, visiblement satisfaite de la situation, m'a gratifiée d'un joyeux « buenas noches, hermana » avant de se laisser glisser sous les draps du lit et de fermer aussitôt les yeux.

Cette scène m'a revigorée. Elle a chassé les derniers doutes qui m'empoisonnaient. Ma décision avait donc été la bonne : pour qu'elle puisse renaître, il fallait que l'être maléfique disparaisse.

Jusqu'hier, Alejandra vivait, tremblante et silencieuse, dans un monde différent du nôtre, un monde où sévissait un maudit prédateur et dans lequel il lui était impossible de s'endormir le soir paisiblement. Aujourd'hui, elle en est libérée.

— Alors cette chambre ? demande Amélie qui s'impatiente.

José me sourit.

## Éclaircie

Le plus urgent a été de s'occuper du corps.

Après une rapide visite de la scène du crime — quel autre terme pourrais-je utiliser ? — dès le lendemain de leur arrivée, José, sans en avoir parlé à quiconque auparavant, a disparu le matin suivant avec la jeep de Javier. Il n'est revenu qu'aux alentours de quatorze heures, la voiture chargée de treillis, de gravier, de sable et de ciment.

— José, je t'en prie, perds cette fâcheuse tendance de déguerpir sans me prévenir, lui a dit Amélie, qui croyait l'avoir, une nouvelle fois, perdu. T'étais où, bon sang ?

D'un ton moqueur, il lui a répondu :

— Mais c'est qu'elle tient encore à moi la vieille dame.

Puis, satisfait de sa repartie, il a haussé les épaules, lui a envoyé un baiser du bout des lèvres, et a repris plus sérieusement :

— Vous n'avez pas remarqué que le sol de la remise du bar de Javier est en terre ? Serait peut-être temps d'y poser une chappe de béton, non ?

Amélie, vexée par sa remarque précédente, et qui n'avait absolument pas saisi où il voulait en venir, s'est emportée aussitôt :

— Pauvre idiot ! T'es dingue, ma parole. Tu ne crois pas qu'il y a plus urgent que de s'occuper d'une remise ?

— Arrête tante, lui ai-je dit, en lui tenant le bras, je crois pouvoir t'expliquer.

Deux jours plus tard, après avoir beaucoup creusé, pioché, ratissé, et énormément transpiré, José, doué, à la grande surprise d'Amélie, pour les travaux manuels, nous a présenté une remise dotée d'une chappe de béton impeccable.

Ensuite, tandis que j'en étais encore à tenter de deviner secrètement dans quel coin il avait pu déposer le cadavre, il nous a annoncé gaiement son intention de reprendre le bar et de le rouvrir dès le lendemain !

Aujourd'hui, moins d'une semaine après leur arrivée, tous les problèmes, que je croyais insolubles, semblent s'être évaporés. Pourtant, mon anxiété est loin de s'être dissipée et j'apprécie quand, en fin de journée, d'un ton apaisant, un verre de rouge à la main, José me rassure :

— Tu n'as pas à t'inquiéter, Louise, tout roule.

— Ouais, mais qui me dit que les flics ne vont pas débarquer dans le village d'ici quelques jours ?

— Allons, allons, Louise, réfléchis un peu. Hormis sa fille, Javier n'avait plus de famille. Et dans le village, il n'y a que des vieux atteints pour la plupart d'Alzheimer.

— T'exagères là, José.

— Oui, oui, j'exagère peut-être un tout petit peu mais, à vrai dire, tout le monde s'en contrebalançait de Javier ici. De toute manière, on a le droit de disparaître, non ?

— Mais le bar ?

— Le bar ! Mais qui fréquente le bar ? Les touristes de passage qui ne le connaissaient pas et quelques grabataires que j'ai embobinés, crois-moi, avec mon histoire abracadabrante de départ précipité pour rejoindre ma sœur en Argentine. Les histoires de cœur, les vieux aiment ça, je t'assure. Pour le reste, rien. Crois-moi, il suffit de continuer à payer toutes les factures qui tombent et à s'approvisionner comme il avait l'habitude de le faire et personne ne viendra troubler ta douce quiétude. Ne jamais laisser traîner d'impayés, c'est tout ce qui compte dans une histoire de disparition.

— Tu vas rester ?

— Si j'ai rouvert le bar, ce n'est pour disparaître dans huit jours, ma belle. On reste au moins jusqu'à la fin de la saison dans la belle demeure de l'enfoiré, je te le promets. Moi, le climat d'ici, il me botte. Et ta tante ne demande pas non plus à quitter la région, à ma connaissance. T'es vraiment comme sa fille, tu sais. Comme, de plus, elle s'est prise d'affection pour Alejandra, tout baigne, non ?

— Ouais, t'as raison. Tout baigne, José. C'est dingue comme tout baigne et comme la vie peut paraître simple à tes côtés.

La placidité de ce mec me sidère.

## Réflexion

Cette nuit, aux alentours d'une heure, cela fera dix semaines exactement que la bête a rendu son dernier soupir.

Est-ce cette perspective ou le temps lourd qui m'empêche de dormir ? Le corps ruisselant de sueur, je suis redescendue dans le patio de l'auberge et, installée dans l'un des quatre fauteuils en rotin, j'observe le ciel qui se couvre lentement tout en dégustant un thé glacé. L'orage gronde à l'horizon. Enfin ! La première décade de septembre s'achève et, hormis une grosse averse fin juillet, nous venons de connaître une période de forte sécheresse, ce qui est rare pour la région qui jouit d'un climat océanique.

« Le réchauffement climatique n'est décidément pas une fable », me dis-je, en soupirant.

Alejandra n'est pas incommodée par la chaleur. À peine couchée, elle s'assoupit aussitôt et sombre dans un sommeil lourd en quelques minutes. Jamais, depuis qu'elle loge avec moi, elle n'a connu le moindre problème d'endormissement.

Lors de la soirée tragique, j'avais envisagé, après sa crise, de l'emmener consulter très vite un médecin pour qu'il puisse établir un bilan de sa santé, tant mentale que physique, mais son comportement, on ne peut plus normal, les jours qui ont suivi, m'en a dissuadée. Finalement, cela m'arrangeait, car, comme le dit José, il est tout de même préférable de rester discret.

Je n'ai toujours pas compris comment les médecins, qui ont ausculté Alejandra enfant, ont pu se tromper à ce point en lui diagnostiquant un trouble grave qui l'empêchait, ont-ils même décrété, de poursuivre l'école. Comment ces disciples d'Esculape n'ont-ils pas remarqué que l'agitation intérieure de la petite provenait tout simplement des abus sexuels dont elle était victime ? Leur aveuglement l'a laissée pendant des années aux mains de son bourreau et éloignée de ceux ou celles qui auraient pu intervenir. Sa maman a-t-elle fini par découvrir le pot aux roses ? Est-elle morte en voulant sauver sa fille ?

Et surtout, si, finalement, tout ce que m'a raconté Javier n'était qu'une vaste fumisterie pour éviter que je ne me pose trop de questions si le comportement d'Alejandra venait à me surprendre ?

Toutes ces énigmes me tourmentent. Il faudra absolument que je me décide à appeler Mieke pour l'interroger, pour tenter de démêler le vrai du faux. Sa mise en garde sévère à propos de Javier peut laisser croire qu'elle en sait énormément sur lui et sur cette affaire.

De toute manière, une chose est sûre, à présent rien ne laisse supposer chez Alejandra une quelconque anormalité.

Bien sûr, je pourrais tout de même trouver étrange qu'elle ne m'ait toujours pas reparlé de son père, mais n'est-ce pas simplement une manière radicale pour elle de zapper ses traumatismes ? Face aux douleurs de l'existence, chacun se forge sa propre carapace.

Pour le reste, tante Amélie nous est d'un précieux secours dans la tenue de l'auberge et José s'amuse, chaque jour, à divertir toute la galerie présente dans son bar. Leur attitude désinvolte et leur positivisme renversant m'aident à surmonter l'anxiété qui m'oppresse.

« Paul, mon petit Paul, tu ne tueras point, avons-nous appris au catéchisme. Le doute m'envahit. Le remords me consume. La criminelle que je suis devenue ne mérite-t-elle pas, malgré ses intentions louables, un châtiment ? »

## Ahurissement

J'ai appelé Mieke, sur le numéro de portable qu'elle m'avait laissé lors de son départ, il doit y avoir trente bonnes minutes. La conversation n'en finit pas.

Elle m'a appris que, moins de six mois après son retour au pays, elle a déjà quitté sa Flandre occidentale natale pour aller s'installer au Croisic, en Bretagne. Elle n'en pouvait plus de la pollution, tant atmosphérique que politique, de la région. La poussée de l'extrême droite la rendait malade.

Elle est ravie d'entendre le son de ma voix. Elle n'osait pas me contacter. Elle sait que l'auberge tourne à plein régime en cette période de l'année.

Elle a voulu tout apprendre sur la vie au village depuis son départ. Elle est nostalgique des années passées ici. Après lui avoir donné des nouvelles de la plupart des anciens, je lui ai parlé de Javier. J'ai cependant passé sous silence l'histoire de ma relation avec lui, après son départ, l'hiver dernier. Je lui ai demandé si elle se souvenait me l'avoir présenté comme un individu peu fréquentable.

— Javier, peu fréquentable ? Non, plutôt un type à éviter si l'on souhaite être épargné par la poisse. C'est un homme sur lequel les coups du sort s'abattent comme l'orage sur un paratonnerre.

Je suis déconcertée : aurais-je mal interprété ses paroles à l'époque ?

— Je ne t'avais pas bien comprise, en fait. Je croyais que tu le considérais comme un être détestable.

— Javier ? Mais non, au contraire. Après tout ce qu'il a fait pour sa fille.

Je suis perdue. Je ne comprends plus. Je lâche prise.

Je lui dis que Javier est parti sur un coup de tête pour l'Argentine et qu'il a laissé sa petite derrière lui.

Elle est étonnée. Elle peine à me croire.

Je lui annonce qu'Alejandra vit avec moi.

Elle est troublée, estomaquée. Elle me demande, d'une voix chevrotante, de confirmer :

— La gamine vit avec toi ?

— Mais pourquoi cette émotion, Mieke ? lui dis-je.

Elle ne répond pas immédiatement, tente de reprendre pied. Après quelques secondes d'un silence interminable, elle continue, plus sereine :

— Tu sais, beaucoup de bruits ont circulé à son sujet au village.

Je suis de plus en plus perdue, je lui réponds que s'il fallait croire tous les ragots qui circulent, le monde ne serait plus viable.

— Écoute Louise, je ne sais pas où elle en est actuellement mais cette gamine traîne de fameux boulets, m'assure-t-elle. Si elle n'a pas été internée, c'est à son père qu'elle le doit.

Je suis en plein cauchemar : le père diabolique qui réussit à passer pour un sauveur ; la victime qui devient coupable.

Mieke ne sait rien des agissements horribles de Javier. Le manipulateur a réussi à tromper tout un village. Comme il m'avait trompée, moi aussi d'ailleurs, avant qu'Alejandra ne se confie à moi.

— Alejandra devait être internée ?

— Ah ! ne me dis pas que tu es la seule là-bas à ne pas être au courant de l'histoire. La presse en a même parlé. Durant ses six années d'internat, elle n'est pas passée inaperçue, crois-moi. Tous les surveillants et tous les profs qui l'ont connue en ont bavé avec elle. Mais à force de minimiser ses actes et de lui pardonner toutes ses frasques pour ne pas nuire à la bonne réputation de l'établissement, un beau jour, le drame s'est produit.

— Le drame ! Mais quel drame ?

— Une nuit, les sept enfants de la pension qui partageaient le dortoir d'Alejandra ont été pris de maux de ventre horribles et ont dû être transportés d'urgence à l'hôpital. Eh bien ! figure-toi qu'ils avaient tous avalé de la mort-aux-rats.

— De la mort-aux-rats ? Mais c'est horrible !

— Horrible, comme tu le dis. Heureusement pour eux, les quantités absorbées étaient minimes et ils se sont remis assez vite. Comme elle était la seule à ne pas avoir été incommodée, et vu ses antécédents, les soupçons se sont inévitablement posés sur Alejandra.

— Et ?

— Elle n'a jamais avoué mais, dans l'un de ses cahiers, rempli d'annotations plus morbides les unes que les autres, elle avait tout de même dessiné des enfants morts. Après une expertise psychiatrique, elle a été internée quelques mois à l'hôpital de León, dans l'aile réservée aux malades mentaux, et elle a ensuite été confiée à son père lors de sa sortie.

Le ciel me tombe sur la tête.

— Et que penser du décès de sa mère, dans des circonstances pour le moins mystérieuses, ajoute alors Mieke, comme si cela ne suffisait pas.

— Une crise cardiaque, non ?

— Crise cardiaque ou hémorragie cérébrale, un truc foudroyant dans ce genre, oui. Mais, écoute, je ne suis pas la seule au village à avoir été saisie, lorsque je suis allée lui rendre un dernier hommage chez elle après son décès, en découvrant la partie supérieure de son visage marbrée d'ecchymoses. Et pourtant les entrepreneurs de pompes funèbres s'y connaissent en maquillage, non ?

— Qu'est-ce que tu insinues ?

— Oh ! je n'insinue rien et je m'en tiens à la version officielle : Dolores était occupée à gravir les escaliers qui mènent du bar à l'appartement quand une douleur foudroyante l'a saisie à la poitrine. Sous l'effet de cette souffrance insupportable, elle a perdu l'équilibre, a dégringolé les marches et elle est allée se fracasser la tête au bas de celles-ci.

— Et ?

— Et Dolores m'avait tout de même confié, un peu auparavant, que l'attitude de sa fille l'inquiétait. Depuis son retour récent à la maison, tout se passait parfaitement, un véritable amour, mais la disparition progressive de tous les chats errants du village l'avait alarmée.

— Elle soupçonnait Alejandra ?

— Avec ses antécédents d'empoisonneuse, évidemment. Elle en a parlé à son mari qui a tenté de la tranquilliser. Il lui a dit que si la petite continuait à prendre chaque jour le traitement prescrit à la clinique, ils n'avaient aucune raison de s'inquiéter. Ces disparitions, c'était un hasard, voilà tout ! Seulement, quelques jours plus tard, leur propre chien a été pris de convulsions horribles et est décédé dans d'atroces souffrances. Après une discussion houleuse avec Javier, celui-ci a finalement accepté que leur fille soit réexaminée par le psychiatre qui la suivait. Quand Alejandra a appris que sa mère souhaitait qu'elle soit réinternée quelques jours, elle a piqué une crise terrible au cours de laquelle elle s'est ruée sur sa mère et l'a griffée profondément au visage. Heureusement, Javier était intervenu à temps pour les séparer.

— Et elle est retournée en clinique ?

— Pas tout de suite, en tout cas, puisque Dolores est morte peu après.

— Tu crois qu'elle pourrait avoir...

— Je te l'ai déjà dit, je ne crois rien, Louise. C'est troublant, voilà tout ! De toute manière, inutile de ressusciter le passé.

Mon cerveau est en ébullition. Il éprouve d'énormes difficultés à traduire les informations qui lui proviennent.

— Mais Mieke, pourquoi ne m'avais-tu jamais révélé toute cette histoire auparavant ? je lui demande.

— Allons Louise, pour quelle raison aurais-je dû t'en parler ? Pour t'impressionner ? Pour te faire fuir ? N'oublie pas que ces événements dataient d'il y a plus de deux ans à ton arrivée et que le village avait retrouvé toute sa tranquillité depuis lors.

— Mais Alejandra ?

— Couvée par son père et calme, je crois. Je suppose qu'elle suit, tout de même, toujours un traitement. Mais qu'a-t-il donc bien pu se passer dans la tête de Javier pour qu'il se décide à abandonner, du jour au lendemain, la fille qu'il chérissait tant ?

C'en est trop !

Je prétexte l'arrivée de clients pour abréger la suite de notre conversation. Je promets de la rappeler bientôt. Je l'embrasse. Je raccroche. Je suis perdue.

Je repense aux mots d'Alejandra lors de sa confession ; aux questions que je lui avais posées alors ; aux réponses que, dans mon emballement, j'avais fournies à sa place. Oui, aucun doute, son père l'avait maltraitée ce fameux soir mais cette maltraitance était-elle pour autant usuelle ? Mon amalgame avec ses ennuis psychiques n'était-il pas précipité ?

« Paul, mon petit Paul, me serais-je trompée à ce point ? »

## Consternation

À peine ai-je raccroché que José pénètre dans le patio. À le voir plié en deux, face à moi, tentant de retrouver son souffle, j'imagine qu'il a dû traverser le village au pas de course.

— José, qu'est-ce qui t'a pris de piquer un sprint sous une telle chaleur ? je lui demande, étonnée.

Sa respiration est saccadée et son teint est blême. Aucun doute, ses pulsations cardiaques doivent atteindre des sommets. J'espère qu'il ne va pas s'écrouler à mes pieds et tomber en syncope. Et moi qui l'imaginais doté d'une condition physique à toute épreuve.

Après d'interminables secondes, il se redresse enfin quelque peu et parvient à me dire, d'une voix hachée :

— Son portable, j'ai débloqué son portable...

Puis, toujours au bord de l'asphyxie, il se contente de me fixer bêtement.

Dans des circonstances normales, j'aurais probablement patienté et je l'aurais incité à poursuivre calmement mais ici, encore sous le coup de ma conversation avec Mieke, j'explose et je lui dis, assez sèchement, que je ne comprends que dalle à ce qu'il me raconte et je lui demande de se ressaisir et de me préciser sa pensée.

Je ne sais si cela est dû au ton cassant de ma remarque mais il retrouve soudainement un peu de vigueur et de lucidité.

— Tu sais, me dit-il, qu'avant de me débarrasser du corps de Javier, j'avais récupéré, dans ses poches, son portefeuille et son portable. En fait, j'avais dissimulé le tout dans un tiroir doté d'une clé situé sous le comptoir du bar. C'était l'endroit, j'imagine, où il devait planquer les grosses coupures reçues des clients. Hier soir, presque par hasard, juste avant de fermer et de remonter à l'appartement retrouver Amélie, j'ai rouvert ce tiroir et, par curiosité, j'ai tenté de rallumer le portable. Peine perdue, la batterie était évidemment plate. J'ai donc emporté l'appareil dans l'appartement et je l'ai branché sur mon propre chargeur. Puis, je n'y ai plus pensé jusqu'à ce matin où j'ai tenté de l'allumer. Là, bien sûr, le code PIN m'a été demandé...

— Tu ne voudrais pas abréger, José ? lui dis-je, en l'interrompant brusquement. Ma matinée a été particulièrement éreintante sur le plan émotionnel et j'ai pas mal de choses à tenter de régler cet après-midi.

— OK, OK, je condense, me répond-il, piqué au vif, mais crois-moi, ce que j'ai à te dire risque de te bousculer encore un peu plus.

— Bref, je n'ai pas le code ; je fouille donc son portefeuille et, bingo, je trouve quatre chiffres inscrits sur l'une de ses cartes de visite. Aussitôt, je les tape sur le clavier et je valide. Paf, l'écran s'illumine et, après un moment, à mon grand étonnement, le bidule se met à vibrer et un message m'invitant à appeler la boîte vocale s'affiche. Je m'exécute et, tiens-toi bien, je prends alors connaissance de trois appels de la secrétaire du département psychiatrique de l'hôpital Santa Isabel de León pour un rendez-vous non honoré. Rien de bien grave tout cela, tu me diras. D'accord... S'il n'y avait eu ce quatrième appel, du même hôpital, mais d'un médecin, cette fois. Je t'avoue que je n'ai pas compris tout son charabia, mais une chose est sûre, Louise, nous sommes mal embarqués car, contrairement à ce que j'avais cru, il y a encore incontestablement quelqu'un qui cherche à joindre Javier. Et qui le menace, en plus ! Mais attends, tu n'as qu'à écouter le message.

Il est à peine quatorze heures mais, pour la deuxième fois de la journée déjà, alors que José compose le numéro de la boîte vocale et me tend le smartphone, je me décompose.

« Bonjour, Monsieur Pacheco, Docteur Ribera à l'appareil. Nous vous attendions avec votre fille Alejandra en consultation à l'hôpital le vingt-six août à seize heures. Vous ne vous y êtes pas présentés et nos services ont tenté, sans succès, de vous joindre trois fois depuis lors. Dois-je vous rappeler, Monsieur Pacheco, que votre fille fait l'objet d'une ordonnance de suivi médical obligatoire émanant des autorités judiciaires, et que si vous omettez de respecter les conventions fixées, nous sommes tenus de prévenir la garde civile sans délai. Sachez, Monsieur Pacheco, qu'à défaut de contact endéans les soixante-douze heures, nous nous verrons obligés d'effectuer ce signalement et que, dès lors, le sursis probatoire accordé à votre fille sera abrogé d'office et qu'un nouvel internement sera requis. Toutes mes salutations, Monsieur Pacheco. »

Tandis que José, suspendu à mes lèvres, attend impatiemment que je lui expose l'idée géniale qui nous sortira de ce bourbier inextricable, un ouragan me dévaste la tête et me prive de toute capacité de réflexion. Puis, comme si ma commotion n'était pas suffisante, il croit nécessaire d'ajouter :

— Louise, il faut réagir : le dernier appel date d'il y a trois jours !

## Tumulte

Allongée sur le lit, plongée dans l'obscurité et profitant de la fraîcheur de ma chambre aux volets clos, j'attends que les deux comprimés de paracétamol que je viens d'avaler agissent et me délivrent de ce mal de tête lancinant qui m'a terrassée au plus mauvais moment et m'empêche de réfléchir de façon lucide.

Les révélations de Mieke, associées aux messages de l'hôpital laissés sur le portable de Javier, ont déclenché un chaos incommensurable en moi.

Je ne peux me résoudre à croire que je puisse m'être trompée à ce point. Alejandra, dont l'enfance a été volée, détruite, a connu la souffrance, la maltraitance et je l'en ai délivrée, voilà tout. Toutes ces histoires scabreuses qui la concernent ne sont qu'invention ou machination, j'en suis persuadée. Comment imaginer, un seul instant, qu'elle ait pu commettre un seul des méfaits dont on l'accuse ? Ce soir, lorsque, enfin, nous serons réunies toutes les deux, ici même, elle pourra me parler, m'expliquer, me rassurer. Ensuite, nous aviserons posément.

Tout à l'heure, en tout cas, tante Amélie, à son habitude, ne s'est pas laissé déborder par la situation. Appelée et informée par José, elle a réagi aussitôt et a su parer au plus pressé.

— José, faut que tu contactes l'hôpital au plus tôt, lui a-t-elle dit.

Interloqué, celui-ci est resté bouche bée à la regarder un peu bêtement.

— Ne tire pas cette tronche, a-t-elle poursuivi, tu m'effraies. Je ne me suis pas acoquinée avec un taré, quand même.

157

Puis, aussitôt, elle lui a expliqué, l'œil pétillant et d'un ton résolu :

— Tu appelles le secrétariat ; tu te fais passer pour Javier ; tu t'excuses platement ; tu invoques des circonstances exceptionnelles ; tu joues de ton charme pour les amadouer et tu obtiens un nouveau rendez-vous, le plus tard possible, évidemment. C'est simple, non ? Et cela nous laisse le temps de nous retourner.

Sûre de la réussite de son plan, Amélie, visiblement satisfaite d'elle-même, a levé les yeux vers nous. Cependant, à notre air pantois, elle a très vite perçu notre scepticisme.

Vexée que nous puissions douter d'elle, elle s'est exclamée, hautaine :

— Bien sûr, si vous avez mieux à proposer, je vous écoute.

Après quelques secondes à nous observer l'un et l'autre attentivement, elle a considéré notre mutisme comme un assentiment et a demandé à José de s'exécuter.

À ma grande surprise, celui-ci, assurément doté de dons de comédien, réussissait, quelques minutes plus tard, à obtenir un nouveau rendez-vous, reporté de quinze jours, au service du docteur Ribera.

De ce côté-là, du moins, nous avions gagné un peu de temps.

## Espérance

Mon mal de tête enfin évanoui, j'ai rejoint Alejandra à la réception vers seize heures. Elle m'y a accueillie avec entrain.

— Tous les pèlerins ont été enregistrés et installés, m'a-t-elle dit fièrement. Et pour le dîner, nous affichons quatorze inscriptions mais, rassure-toi, dans la cuisine, tous les plats sont déjà prêts à être enfournés. Ne nous reste qu'à préparer la grande table.

— Tu es un ange, je lui ai dit.

Elle a baissé les yeux, mal à l'aise comme toujours quand je la complimente.

— Ce soir, je voudrais que tu fasses le speech, je lui ai annoncé.

— En anglais ?

— Évidemment. Tu m'as suffisamment entendue le répéter. Tu dois être capable de le tenir, non ?

Elle a rougi, a acquiescé, m'a envoyé un regard de reconnaissance.

— Louise, ta confiance me va droit au cœur, elle m'a dit.

Je n'ai su que répondre.

— À tantôt, lui ai-je lancé, avant de m'éclipser dans la cuisine.


Dix-neuf heures : les pèlerins sont installés tout autour de la grande table, prêts à partager le repas frugal que nous leur avons concocté.

Tous ont l'air fatigué, mais heureux. Seigneur, comme j'aimerais partager cette fatigue saine avec eux. Mais mon âme est tourmentée et je vis depuis plusieurs semaines dans un monde parallèle dont les contours sont incertains.

Tandis qu'Alejandra s'approche, je l'observe et je la détaille, comme jamais encore je n'avais pris le temps de le faire. Elle a le visage ovale, le menton haut, les pommettes saillantes, le nez effilé et les sourcils épais à la forme circonflexe. De taille moyenne mais élancée, elle est rayonnante ce soir dans sa petite robe noire brodée à manches courtes qui lui moule parfaitement les formes et qui lui laisse découverte une partie de ses cuisses. Ses cheveux raides, noirs, mi-longs, lui caressent délicatement les épaules. Je la trouve splendide dans l'azur de son adolescence.

Elle s'empare d'un couteau et frappe le tranchant de celui-ci à plusieurs reprises sur un verre. Les regards se lèvent vers elle et tous l'observent. Impressionnée, elle jette un œil furtif dans ma direction et je l'encourage d'une mimique bienveillante. Elle se lance alors, dans un anglais scolaire approximatif, certes, mais compréhensible :

— Chers pèlerins, beaucoup d'entre vous, après être partis de Saint-Jean, se sont demandé dans quelle folle aventure ils s'étaient engagés. Mais, après avoir annoncé à votre famille et à vos proches que vous alliez parcourir la moitié de l'Espagne à pied, vous ne pouvez décemment plus abandonner. Il vous faut continuer à marcher ; à marcher encore ; à marcher toujours... jusqu'au bout. Atteindre Santiago signifiera pour vous, soyez-en certains, un tournant capital dans votre existence, car se lancer dans cette aventure n'est jamais un hasard. Vous aviez une vie avant le Camino et vous avez laissé beaucoup de choses derrière vous. À l'arrivée, vous retrouverez certaines de ces choses, mais d'autres pas. Vous aurez bientôt une tout autre vie, exempte de tout ce qui l'encombrait. Chers pèlerins, excellent Camino et bon retour chez vous par la suite.

Et tandis que les voyageurs l'applaudissent, les paroles qu'elle vient de prononcer, et que je répète pourtant chaque jour inlassablement depuis des mois, résonnent curieusement en moi et prennent une signification particulière.

« Paul, mon petit Paul, la route que j'ai empruntée depuis mon départ de France ne s'assimile-t-elle pas aussi à une sorte de Camino ? Paul, puis-je espérer aussi ensuite une vie nouvelle débarrassée de ses scories et emplie de quiétude et de sérénité ? »

## 2. Alejandra

« Alejandra, j'ai peur de ne pas comprendre, m'a-t-elle dit dans l'obscurité de la chambre, à peine étions-nous couchées. J'ai entendu tant de propos fâcheux sur ton compte aujourd'hui. Tu sais, j'ai une confiance absolue en toi, mais il faut maintenant que tu t'exprimes. Éclaire-moi, rassure-moi, ôte-moi mes doutes, délivre-moi de ce poids, de cette douleur sourde qui m'écrase la poitrine. »

Le passé, encore ! J'ai la tête qui tourne. Tout était donc trop parfait.

« Alejandra, parle-moi de ta petite enfance, de ta maman, de ton papa, de tes années d'internat, de ton séjour à l'hôpital, de tout ce qui te passe par la tête. Je veux tout savoir, tout comprendre », a-t-elle ajouté.

Des justifications, une fois de plus !

Que pourrais-je lui dire d'essentiel, sinon que je l'aime ?

Souvenirs de petite enfance, jours heureux : une maman qui me cajole, me pouponne, est aux petits soins pour moi ; une maman qui chante, qui rit, qui resplendit. Une maman qui me chérit ; une maman que j'adore.

Souvenirs de petite enfance, jours sombres : une maman qui me frappe, me maltraite, me brutalise ; une maman qui pleure, qui hurle, qui dépérit. Une maman qui me déteste ; une maman que je méprise.

Souvenirs inquiets de petite enfance : maman côté pile ou maman côté face ? Maman d'amour ou maman de haine ?

Souvenirs désolés de petite enfance : une maman qui sombre, me délaisse et m'oublie.

Images d'un papa déconcerté, désemparé, désorienté par les sautes d'humeur de son épouse.

Images d'un papa fatigué, harassé, fourbu par la conduite ambivalente de sa moitié.

Images d'un papa protecteur et aimant, souvent ; mais déserteur et lâche, parfois. Images d'un papa écartelé entre son devoir de père et sa position d'amant.

Des cris, des pleurs, des engueulades, à n'en plus finir ; des bribes de conversation qui me parviennent aux oreilles et qui m'anéantissent.

« Ah ! si seulement je n'avais pas enfanté ce boulet... Pauvre Dolores, tu n'es plus qu'une poivrote, imbibée d'alcool du matin au soir... Pourquoi me suis-je laissé enterrer dans ce bled... C'est ça, dégage, sale pute... Ta fille est à ton image, une larve rampante... Je te hais... »

Enfouie sous les couvertures, mon doudou dans les bras, je voudrais tant que ces jérémiades cessent.

« Ne pleure pas, Sonia, papa et maman vont bientôt arrêter de se chamailler. »

Puis, parfois, des murmures, des chuchotements, des roucoulements. Le bruit des corps qui s'étreignent ; les gémissements de plaisir de maman ; les cris de jouissance de papa.

L'incompréhension, le malaise, le déchirement.

« Seules ; nous sommes seules au monde, ma Sonia. »

Ensuite, un jour, à l'aube de mes six ans, l'annonce dévastatrice : l'école, l'internat.

Mon refus, mes sanglots, mes lamentations.

« Personne n'y échappe, ma chérie, l'école est obligatoire. »

« Vous voulez vous débarrasser de moi ; vous me détestez, vous m'avez toujours détestée. »

Papa qui s'approche, tente de me consoler.

Maman, assise les jambes croisées, qui n'en finit pas de donner des petits coups de pied dans l'air, signe habituel d'énervement chez elle.

« Tu reviendras au village deux fois par mois, Alejandra. Là-bas, tu te feras un tas de copines de ton âge. »

L'inutilité de mes récriminations ; la capitulation ; le sentiment d'abandon.

L'internat, les règles, l'obéissance. L'enfant de la campagne, la petite sauvage, la solitaire, la taiseuse, l'amie des chiens et chats errants, soudain condamnée au carcan, à la servitude, à la soumission.

Les brefs retours à la maison : l'ambiance délétère, irrespirable, invivable. Les mots et gestes d'amour absents ; la monstrueuse indifférence de la mère, la résignation du père.

Les semaines qui passent, les mois qui défilent. Les résultats catastrophiques ; le refus de l'autorité, de la soumission. Les punitions, de plus en plus lourdes. La moquerie des professeurs, le mépris des condisciples. La désolation, la détresse, le désespoir, l'envie d'en finir.

Le sang qui souille mes draps à l'aube de mes douze ans ; l'incompréhension, la peur, l'angoisse ; les vexations de mes compagnes de chambre, leurs rires sardoniques ; le ressentiment qui m'envahit, la soif de vengeance qui m'aveugle.

La mort-aux-rats.

Les regrets.

L'arrestation, les policiers, les docteurs, les interrogatoires infinis, les multiples examens, la décision d'internement.

Le regard perdu de ma mère, les larmes de mon père.

Ainsi, je serais folle !

Les médicaments abêtissants, les drogues, la révolte, la camisole de force, l'enfermement.

Les mots inconnus : psychose, schizophrénie, paranoïa, aliénation...

« Au secours, je ne suis qu'une fillette de douze ans. »

La rencontre avec le docteur Ribera, les nouveaux examens, les doutes, l'oreille attentive, l'espoir.


La sortie conditionnelle après 92 jours, le retour au village, les regards de travers, l'isolement, la solitude, le réconfort auprès de mes amis à quatre pattes, l'évasion par le rêve.

Maman d'amour, maman de haine : les bisous puis les coups ; les coups puis les bisous.

Papa perdu, papa effaré entre une fille, diagnostiquée toquée, et une épouse, passée ivrogne.

Les cris, les pleurs, les disputes, encore et toujours.


Le chien, les chats empoisonnés.

Quel est le crétin responsable ?

« Maman, comment peux-tu me soupçonner alors que mon cœur saigne suite à la perte de mes compagnons ? »

« Non papa, non maman, je vous en prie, plus d'hôpital psychiatrique. »

La mère qui en rajoute : « C'est le meilleur endroit pour les gens de ton espèce. »

L'ahurissement : « C'est toi qui les as tués, maman, j'en suis sûre ; tu veux te débarrasser de moi. »

La riposte : « Pauvre de moi, ma fille unique est folle. »

La violence physique qui devient inévitable : les gifles, les coups, les griffures.

Le père qui intervient, le père qui désespère : « Arrêtez-vous, pour l'amour du ciel ! »

Les bouteilles qui jonchent le sol pour la xième fois.
La mère imbibée d'alcool ; le mari qui s'emporte.
Les coups violents entre les parents ; la fille qui hurle.
La mère prise d'un malaise soudain.
La chute dans les escaliers ; le craquement des os qui se brisent.
La stupéfaction du père et de sa fille ; les regards effarés qui se croisent.
Le silence assourdissant.
La mort.

La brutale accalmie dans la maison.
L'absence ; le vide ; les regrets : « Maman, je t'aime. »
Les repas partagés en silence avec le père ; la réconciliation difficile ; le veuf inconsolable.
La cohabitation pacifique entre deux êtres désespérés, égarés, chacun dans leur monde.
Les jours, les semaines, les mois qui s'écoulent.
L'angoisse profonde lors de chaque nouvelle consultation à l'hôpital.
L'embellie, un jour : « Votre fille va beaucoup mieux », ont décrété les médecins.
La joie du père : « Tu vas guérir, ma fille. »
L'incompréhension de la fille face à la déclaration du père : « Mais papa, je ne suis pas, et je n'ai jamais été malade. »
Le haussement d'épaules.
Quatorze ans, bientôt, et seule, toujours seule.

L'arrivée d'une jeune Française pour reprendre l'auberge du village.

Les premiers contacts simples, chaleureux, avenants ; l'espoir secret d'un rapprochement.

Le déclic entre elles, très vite ; les rires complices ; la bonne humeur communicative ; la joie de vivre.

L'amitié qui grandit chaque jour davantage.

Le père qui, lui aussi, succombe à l'étrangère.

La proposition de collaboration de la nouvelle amie ; la fierté de la fille, la reconnaissance éternelle ; les réticences du père ; la force de persuasion de la fille.

Les jours heureux, les mois d'euphorie, le bonheur simple.

Le grain de sable, un soir de juin : « Alejandra, qui t'a permis d'arrêter de prendre tes médocs ? »

La réponse insouciante de la fille : « Arrête papa, je n'ai pas besoin de ces saloperies, je vais très bien, j'ai toujours été très bien, et tu le sais. »

La réplique féroce du père, fortement éméché : « Si tu avais toujours été bien, maman serait toujours vivante. »

L'étonnement puis l'emportement face à l'accusation absurde : « Qu'est-ce que tu insinues ? Est-ce ma faute si elle n'en pouvait plus de toi, de nous, et qu'elle a sombré dans l'alcool ? S'il y a eu, un jour, une malade dans cette maison, il ne faut pas être devin pour savoir qu'il s'agissait de maman et non de moi. »

L'escalade des mots, de plus en plus forts, de plus en plus violents.

La gifle du père ; la riposte de la fille ; les coups qui se perdent ; le père qui immobilise sa fille, lui enfonce soudainement la langue dans sa bouche, lui saisit les fesses, lui arrache la culotte.

L'ahurissement, l'épouvante, l'horreur infinie : le goût infect de l'alcool mélangé à la salive ; l'odeur âcre de la sueur sous les aisselles ; les énormes paluches qui la triturent, encore et encore ; la matraque dressée, qui voudrait la pénétrer.

Le hurlement sorti du tréfonds de ses entrailles, appel au secours désespéré qui, par sa puissance, ranime la conscience du père : « Mon Dieu, mais qu'est-ce qui m'a pris, ma petite chérie ? Un moment d'égarement, de folie. »

Le père a honte, il se décompose, il prend conscience du crime abject qu'il était occupé à commettre : « J'étais en plein délire. Ce n'est pas toi qui étais avec moi, mais ta mère. C'était ta mère ! Tu comprends, n'est-ce pas ? C'est Dolores, ta maman, qui était dans mes bras. Ma parole, je deviens également dingue. Oh ! pardonne-moi, je t'en prie, ma belle, pardonne-moi. »

La terreur, l'angoisse, la panique. Fuir, très vite. Courir, à longues enjambées. Trouver un abri, un refuge. Se terrer dans l'une des nombreuses habitations abandonnées du village. Verser toutes les larmes de son corps, avant de s'écrouler de fatigue.

S'éveiller, désespérée, la tête lourde, le lendemain matin. Rester murée de peur de le rencontrer. Rejoindre l'auberge, assoiffée, au plus fort de l'après-midi, sous un soleil de plomb. Retrouver enfin son amie. Se reposer dans la quiétude de sa chambre. Tout lui raconter le soir, tout. Lentement, posément.

Oublier, il faut oublier. Louise a tout arrangé. Ne plus y penser. Jamais.

# 3. Louise

Je venais de terminer de dresser la table du dîner quand Paco m'a appelée. En ce début de deuxième décade d'octobre, le nombre de pèlerins de passage à l'auberge commençait à baisser et je n'avais enregistré que cinq réservations pour le repas du soir. La journée avait été étonnamment chaude pour cette période de l'année et le ciel se chargeait lentement de lourds nuages. L'orage éclaterait sûrement en fin de soirée.

— Louise, ils sont passés, m'a-t-il dit, de sa voix blanche.

— Et ? lui ai-je répondu, en tâchant de contenir l'émotion qui me gagnait.

— Et rien, il m'a répondu. Penélope, Marisa, Luis et moi étions assis, occupés de discuter tranquillement, comme tous les soirs, sur notre banc, à l'ombre de l'olivier, quand la Jeep a déboulé près de nous. Ils étaient trois. Ils se sont dirigés vers le bar et, malgré les volets tirés, ils ont sonné et frappé comme des dingues à la porte.

— Misère, on se croirait replongés dans le passé, à l'époque du règne de Franco, nous a dit Marisa, mi-figue, mi-raisin.

Je pouvais m'imaginer facilement la scène : quatre des ancêtres du village, peaux ridées et tannées par le soleil, dos recourbés, cannes à la main, assis immobiles, côte à côte, à observer silencieusement les agents de la garde civile s'échiner à pénétrer dans le bar.

— Puis ils se sont dirigés vers nous, a-t-il continué, et ils nous ont demandé — ma foi, assez poliment — si nous savions où ils pourraient trouver le dénommé Javier Pacheco.

— Et ? lui ai-je dit, une nouvelle fois, le cœur battant.

— Et ici, Louise, tout ce qui se passe au village, reste au village. Penélope, sans même les regarder, leur a répondu

171

qu'ils ne risquaient pas de le retrouver de sitôt, le dénommé Javier Pacheco, car il s'était envolé avec sa fille et sa toute nouvelle dulcinée pour l'Argentine depuis près d'un mois déjà.

— Et ? ai-je encore insisté, face au débit de paroles singulièrement lent de Paco.

— Et ils nous ont remerciés, puis ils sont remontés dans leur voiture et ils ont disparu aussitôt dans un nuage de poussière, m'a-t-il répondu.

— Ah ! sûr que si notre ami José avait été présent, il aurait été satisfait de nous, a-t-il ajouté, d'un ton réjoui, après un long silence.

— Merci infiniment pour ton appel, Paco, lui ai-je dit, avant de raccrocher, tout en me l'imaginant fier de lui, installé près de ses comparses, le smartphone flambant neuf à la main, appareil reçu de son fils, et à n'utiliser qu'en cas d'extrême urgence, évidemment.

— Tu vois, ma chérie, qu'il était inutile de te faire du mauvais sang, me dit Amélie, que je viens d'avertir du passage de la garde civile. Tout se déroule parfaitement, comme je l'avais imaginé. À présent, dès que José sera parvenu à se procurer les nouveaux papiers d'identité d'Alejandra, rien ne s'opposera au retour de la petite et je pourrai enfin repartir vers un monde un peu plus fréquenté. Le chant du coq, les oiseaux qui pépient et le bruissement des feuilles dans les arbres, c'est bucolique et reposant, d'accord, mais pas pour l'éternité. Pour ma part, il me faut de l'animation, du mouvement. Il n'y a rien à faire, et ce séjour prolongé me le prouve encore, j'ai l'âme d'une citadine. Comment d'ailleurs, à ton âge, peut-on avoir décidé de venir s'enterrer dans un trou pareil ?

Inutile de tenter de lui exposer mes arguments : chacun restera inévitablement sur ses positions. Je la sens impatiente et énervée. L'absence de José lui pèse, c'est sûr. Jamais, je ne pourrai assez la remercier pour son intervention efficace et son soutien indéfectible. Elle m'a sauvé la vie, voilà tout.

— Tu crois vraiment qu'avec ces faux papiers, Alejandra ne risquera pas d'être démasquée en cas de contrôle ? je lui demande pour la énième fois.

— Je te l'ai dit et je te le répète, Louise, me répond-elle. Pour Alejandra, ce sera une véritable renaissance sous une nouvelle identité, tout à fait officielle. À condition que l'on y mette le prix, tout s'achète dans ce foutu monde, crois-moi. Arrête donc d'essayer d'être plus catholique que le pape, notre société est corrompue, point final. Que vous décidiez de vivre pépère ici ou de parcourir toute la planète, rien n'y changera, votre tranquillité est assurée.

— Maman et papa seraient ravis de t'entendre leur exposer ta conception de l'état du monde, lui dis-je, pour tenter de l'égayer.

— Les pauvres, me lance-t-elle, en souriant enfin, laisse-les donc croire en un monde meilleur et à la résurrection.

— Mais, à propos, continue-t-elle, n'est-il pas l'heure, pour toi aussi, d'aller prêcher la bonne parole, autour de la table, auprès de ces braves pèlerins ?

Aux alentours de vingt-deux heures, j'appelle Bertrand.

— Comment vas-tu, petite sœur ? me demande-t-il après avoir reconnu ma voix.

— Cela baigne, joli beau-frère, je lui réponds.

Lorsque Amélie avait suggéré que José et Alejandra devraient quitter discrètement le village, le temps que les choses s'arrangent, j'avais pensé immédiatement à lui. Rien ne me garantissait qu'il accepterait, sachant qu'il vivait une nouvelle aventure, mais j'avais imaginé que si mon frère s'était amouraché à ce point de lui, il devait, tout comme Paul, être doté d'une sensibilité et d'une bienveillance extrêmes.

Je ne m'étais pas trompée. Lors de notre premier contact au téléphone, après l'échange de quelques banalités, j'étais entrée directement dans le vif du sujet et je lui avais demandé, sans lui fournir d'explications, s'il pouvait me rendre le plus grand des services en se chargeant, au nom de Paul, son grand amour passé, de veiller sur une de mes amies, une jeune Espagnole en difficulté, pendant quelques semaines.

Sans la moindre hésitation, il avait accepté et proposé, de suite, de l'héberger chez lui, dans la deuxième chambre de l'appartement qu'il partage avec son nouvel ami.

— Alejandra est un amour, me lance-t-il. Figure-toi que, depuis qu'elle nous aide à la boutique, notre chiffre d'affaires a augmenté de près de trente pour cent. Crois-moi, cette fille a le chic pour embobiner la clientèle et écouler la marchandise. Elle ment comme un arracheur de dents et elle pourrait persuader n'importe quel baudet boiteux qu'il a la prestance d'un étalon.

Cette remarque, que Bertrand voulait anodine, insinue aussitôt un sentiment profond de malaise en moi. Entendre me parler d'Alejandra comme d'une possible fabulatrice m'insupporte. La mauvaise humeur me gagne.

— Je ne peux malheureusement te la passer, enchaîne Bertrand, elle est toujours au magasin avec Eduardo. Mais rassure-toi, tout va bien avec elle.

— Pas grave, je lui réponds assez sèchement, dis-lui simplement que l'embellie s'annonce et que le retour au bercail approche.

— Oh ! mystère, mystère, me dit-il, guilleret. Allez, je t'embrasse ma chérie. Ciao, ciao.

Et sans plus tarder, il raccroche.

« Je voudrais être à tes côtés, mon petit Paul », me dis-je, envahie par un spleen insondable.

Après un mois d'octobre tempéré, et encore assez bien ensoleillé, la température a chuté en ce début novembre et de fines pluies glaçantes s'abattent sans discontinuer sur la région depuis trois jours. Ma deuxième saison à l'auberge s'achève dans l'humidité.

Il y a un an, à l'approche de l'hiver, je décidais de repeindre les boiseries. Il y a un an, jamais je n'aurais imaginé l'emballement furieux et la tournure tumultueuse que ma vie prendrait.

Dans quelques jours, Alejandra et moi rejoindrons la France pour plusieurs semaines. Papa et maman ont hâte de nous accueillir chez eux et de rencontrer enfin celle que je leur ai présentée comme ma nouvelle petite sœur. Les questions fuseront mais je serai prête à y répondre.

Alejandra est ravie de quitter pour quelque temps son village natal. Elle rêve de visiter Paris et passe des heures, chaque jour, à apprendre les rudiments de la langue française via un programme déniché sur le web. Le soir, quand nous révisons ses leçons, et que je lui demande inlassablement de répéter sans accent les phrases apprises lors de son cours, nos échanges se terminent inévitablement en fous rires qui résonnent bruyamment dans toute l'auberge.

Son séjour à Ibiza lui a ouvert les yeux sur l'existence d'un monde beaucoup plus vivant que celui qu'elle avait connu jusqu'à présent : un monde adapté à sa fougue, à son enthousiasme. Dans quelques années, il est certain qu'elle aussi, comme tant d'autres jeunes avant elle auparavant, quittera la campagne pour partir conquérir la ville.

Depuis la nuit où Alejandra m'a révélé tous les secrets de son enfance, je ne suis plus jamais revenue avec elle sur ces années difficiles et, pour sa part, elle ne m'a jamais questionnée sur la disparition de son père. Nous vivons comme si nous avions conclu ensemble un accord tacite de passer sous silence les événements du passé.

Je me souviens que cette nuit-là, sa confession terminée, je m'étais contentée de la rejoindre dans son lit, de me blottir près d'elle et de la serrer fortement. Sous le coup de l'émotion, il m'avait été tout bonnement impossible de m'exprimer. Toutes les paroles entendues se bousculaient encore trop dans ma tête. Il fallait que je reprenne le dessus, que la tension s'évacue, que mes pulsations cardiaques retrouvent un rythme normal. Pendant de longues minutes, seul le souffle de nos respirations avait quelque peu troublé le silence assourdissant régnant dans la chambre. Peu à peu, elle s'était détendue, puis s'était endormie dans mes bras.

Son histoire n'était pas exactement telle que je l'avais imaginée. Elle comportait des parties troubles et obscures. Mais qu'importe, je n'avais voulu retenir que deux choses de son soliloque, on ne peut plus sincère : Alejandra était une victime et non une coupable, et son père avait mérité le sort que je lui avais réservé.

Forte de ces certitudes, je m'étais endormie à mon tour et, au réveil, nous avions repris chacune nos habitudes quotidiennes.

Trois jours plus tard, sans qu'elle ne se cabre, José l'emmenait à Ibiza.

« Paul, mon petit Paul, les turbulences s'éloignent ; le chaos se dissipe ; mon âme est enfin sereine. »

# 4. Docteur Ribera

La journée a été épuisante. Il est harassé. Il aspire à rentrer chez lui ; à retrouver son épouse et son fils dans la quiétude du foyer familial.

Il jette un œil fatigué sur les fardes entassées sur le coin droit de son bureau. Elles contiennent les dossiers encore à compléter avant d'en terminer avec cette journée éprouvante. Il s'empare du premier, lit le prénom et le nom du patient inscrits au marqueur sur la couverture : Alejandra Pacheco. Cela ne lui rappelle rien. Il ouvre le classeur, feuillette négligemment les feuilles qui le composent, prend connaissance du post-it que sa secrétaire y a annexé : « Patiente recherchée par les autorités suite à l'absence de présentation à la visite obligatoire. Avis ? » Il soupire, se concentre, retrouve les conclusions du dernier rapport qu'il avait établi, en prend connaissance : « Les examens réalisés lors de l'internement de cette patiente n'ont pas permis de déterminer avec certitude un quelconque diagnostic. Toutefois, l'indifférence froide, l'irresponsabilité, l'absence de sentiment de culpabilité et la tendance à blâmer autrui qui ont transparu lors de nos entretiens successifs laissent supposer une psychopathie d'origine génétique susceptible de provoquer, à intervalles plus ou moins importants, des agissements dangereux pour autrui. »

Il se souvient d'elle maintenant. Elle avait été placée sous tutelle médicale par le juge. Malade ou pas, manipulatrice ou innocente, il n'avait pas pu trancher. Pour tranquilliser ses parents, il lui avait simplement prescrit un traitement placebo. Décidément, la psychiatrie a ses limites, avait-il conclu à l'époque, dépité.

Il observe les tampons placés devant lui, il hésite un instant, puis s'empare de celui de gauche. Il estampille le formulaire. La mention « Guérison actée » est maintenant imprimée en diagonale, en rouge sur le document. Il referme le dossier, le pose sur le coin gauche de son bureau. Les recherches seront abandonnées, il le sait. Il soupire une nouvelle fois. « De toute manière, dans ce bas monde, quel individu peut-il prétendre être réellement sain d'esprit ? » pense-t-il.

Il tend le bras et se saisit du dossier suivant, lit le prénom et le nom du patient inscrits au marqueur sur la couverture...